舞台劇劇本

最後禮物

莊梅岩　著

www.cosmosbooks.com.hk

書　　　名	最後禮物
作　　　者	莊梅岩
責任編輯	王穎嫻
美術編輯	楊曉林
作者照片提供	Simon C
出　　　版	天地圖書有限公司
	香港黃竹坑道46號
	新興工業大廈11樓（總寫字樓）
	電話：2528 3671　傳真：2865 2609
	香港灣仔莊士敦道30號地庫（門市部）
	電話：2865 0708　傳真：2861 1541
印　　　刷	亨泰印刷有限公司
	香港柴灣利眾街德景工業大廈10字樓
	電話：2896 3687　傳真：2558 1902
發　　　行	聯合新零售（香港）有限公司
	香港新界荃灣德士古道220-248號荃灣工業中心16樓
	電話：2150 2100　傳真：2407 3062
出版日期	2022年1月 初版／2023年5月 第五版

ISBN：978-988-8550-11-1

Better a meal of vegetables

where there is love

than a fattened calf with hatred.

Proverbs 15:17

吃素菜，彼此相愛，

強如吃肥牛，彼此相恨。

箴言 15:17

《最後禮物》*One Last Gift* 由英皇娛樂集團出品，馮貽柏策劃及監製，原定於 2022 年 1 月 7 日起假香港演藝學院歌劇院首演，惟因新冠疫情延遲至同年 7 月 22 日公演，首輪演出 40 場。由於檔期改動，演員表亦有微調，謹此感謝在不同階段參與排練的同業。

2022 年首演製作團隊：

導演	陳焯威
戲劇顧問	陳曙曦
佈景設計	邵偉敏
燈光設計	陳焯華
音響設計	陳詠杰
造型及服裝設計	Alan Ng
製作總監	陳寶愉
策劃、監製	馮貽柏

演員（按出場序）

潘燦良	歐陽曦
廖愛玲	老太太／法官
白耀燦／余翰廷 *	華　叔
黎玉清	Mandy
梁浩邦	Alex ／陳小姐
區嘉雯	嫻　嬸
黃子華	歐陽晴
韋羅莎	Sofia
尹偉程／陳康 *	康仔
黎濟銘	經理／律師
陳曙曦	父親

＊為原定 1 月份參演之演員

序

【黑暗中傳來短訊的打字聲和發送聲，聽得出發送者字打得很快，並清晰地知道自己想説的話。

【燈漸亮，商業大廈的電梯大堂，歐陽曦一面等電梯一面在手機上回訊，他樣子沉着，有幾分威嚴，一身樸素打扮，但難掩高尚氣質。此時音訊傳來，他按鍵收聽，是一位男聲】

畫外音：　唔係呀歐陽，依家佢唔畀啲裝修師傅繼續做呀，第二期條數又未找，佢話同你之前畀佢睇隻色唔同，我話小姐，肉眼睇唔準㗎，你對返個冧把——

【未播放完歐陽曦已把它停住，並迅速回訊，話音再傳】

畫外音：　個 client 唔係想走數嘅，佢搵唔到你又淨係信你，想你親自交代吓啫……

【歐陽曦快速回鍵，沒注意—老太太已慢慢走近】

畫外音：　我知你搞緊白事，我唔係要你返公司，我淨係想

你打個電話安撫吓佢啫。啲客 like 你，你講一句勝過我講十句——再唔係你 send 個 voice message 過嚟，我播畀佢聽，佢聽到你把聲就開心——

【歐陽曦察覺有人，將音訊停住，然後平靜地錄口訊】

歐陽曦：　你叫佢等收律師信啦。

【歐陽曦將手機調至靜音然後放於袋中。此時電梯到達聲響，燈光轉變，二人進光區。】

【曦先按樓層，見老太太盯着自己】

歐陽曦：　幾樓呀？

老太太：　同你一樣。

【稍頓，老太太忍不住再看他】

睇你咁後生，怕且唔係嚟立遺囑？

歐陽曦：　唔係。

老太太：　咁即係嚟領獎——呢間行專做遺產。

【曦牽強一笑】

父母？你父母應該同我咁上下年紀，搵華叔呀？

歐陽曦： 係，馬律師同我爸爸識咗好多年。

老太太： 我哋同華叔都識咗好多年。我老爺、我老公，依家輪到我，我哋份平安紙都係搵佢搞……華叔好呀，經驗老到、做嘢細心，最重要係個人心地好、夠正派……

【燈光轉變，電梯到達。歐陽曦讓老太太先行，老太太走了幾步，復停下來】

唔好怪阿婆多口問句：你有冇四十五歲呀？

歐陽曦： ……四十八。

老太太： ……嗯，我估都係咁上下。

歐陽曦： 有咩可以幫到你？

老太太： 恕我唐突……我想問，你依家心情點呀？我個仔同你咁上下年紀，頭先我一路望住你一路諗，過兩年我走埋，我個仔就會好似你咁，企喺樓下等軚，行入嗰度門，然後坐喺入面聽華叔讀我份遺囑，唔知嗰種心情係點㗎呢？

歐陽曦： 我唔識答你。

老太太： 唔駛唔好意思㗎，先人留畀你最後一份禮物，依家就入去拆，係咪多少都會有啲開心呢？沿途有

有諗返起你父母咁呢？真係可惜呀呵，送份禮畀人，但係你永遠唔知佢收到嗰陣有咩反應……

【歐陽曦看着老太太，知道她一定有苦衷】

歐陽曦：　駛唔駛搵人陪你入去？要唔要我幫你打畀個仔？

老太太：　我哋已經好耐冇聯絡。

【稍頓】

我得一粒仔，同伯爺公辛苦咗幾十年，供書教學，咩都畀最好嘅佢。到頭來一句唔如意，就搬走咗，嘈多兩句，連佢老竇過身都唔返嚟……

【老太太悲從中來，忍不住哭泣，歐陽曦連忙遞上紙巾】

有乜咁血海深仇？連佢最後一面都唔見？吓？唔嚟送佢最後一程？我唔會原諒佢㗎，我話過，佢夠膽唔送佢老竇終我就一毫子都唔分畀佢——佢恃住我哋得佢一個！佢以為我一定要將啲嘢留畀佢！佢錯喇，我就係一個崩都唔分畀佢！我今日一定要改過份遺囑，等佢嚟到打開一睇，晴天霹靂，一個仙都冇，佢老竇老母儲咗成億身家，但係一個崩都唔分畀佢……

歐陽曦： 　既然你決定咗，佢心情係點都唔重要啦。

老太太： 　但係我想知！我想親眼睇到！我想睇吓佢會唔會
　　　　　後悔、後悔冇聽我話，後悔冇關心吓佢老竇……

歐陽曦： 　到你真係睇到，可能你仲傷心呢。

【老太太努力平伏自己】

老太太： 　唔該晒你呀後生仔，我冇嘢喇，你去啦。

歐陽曦： 　你唔入去喇？

老太太： 　我喺呢度唞唞先，唔係一陣華叔又話我唔夠冷
　　　　　靜，唔畀我改。

歐陽曦： 　OK。

老太太： 　……多謝你。你老竇老母有福，我一睇就知你係
　　　　　乖仔，放心啦，我冇嘢，我等陣就入去。

歐陽曦： 　咁我入去先。

【歐陽曦走了幾步復折返】

無論你決定點做，唔好隨便同人講自己有幾多身
家，呢個世界好複雜，尤其牽涉到錢銀。

【歐陽曦下，燈光轉變，人來人往的律師樓】

第一場

【律師樓，華叔和歐陽曦對坐，二人面前都放了一份文件夾，華叔那份打開了，歐陽曦則沒有打開，他只是看着遠方】

華叔：　根據令尊歐陽有貴十年前所立嘅遺囑，佢將名下所有財產，包括銀行存款、股票、基金同物業平均咁分畀太太林愛卿女士同兩名親生兒子，即係你，歐陽曦同你哥哥歐陽晴先生。林愛卿女士三年前不幸離世，之後令尊並無定立新遺囑或者更改遺囑內容，依照遺囑內其他條款，若林女士比歐陽先生早逝，林女士嘅份數會平均分畀歐陽晴同歐陽曦，嚟到呢度有問題吖嘛？

歐陽曦：　冇問題。

華叔：　令尊喺遺囑特別提及，其中一幢位於安樂道三號嘅唐樓，係你哋歐陽家嘅發跡地，佢希望你哋兄弟二人能夠共同擁有業權，如非必要，唔好變賣祖業。

歐陽曦：　嘿。

【華叔將文件合上】

華叔： 　呢點只係先人遺願，並有法律效用。根據資料你喺令尊生前幫佢還咗幾筆債務，道理上都應該扣走先跟遺囑分配。

【歐陽曦沒有正視華叔的提案，華叔拿起當中的一疊文件】

不如你將呢啲資料同銀行證明留低，等我哋進一步核實——

歐陽曦： 我諗冇咁嘅必要。

【歐陽曦第一次正視華叔】

我反而想知道，你哋會唔會搵人通知佢？

華叔： 你話歐陽晴？

歐陽曦： 冇錯。

華叔： ……我哋都可以幫手嘅——

歐陽曦： 你意思係，通知佢又係我嘅責任？

華叔： 因為令尊委任咗你做遺囑執行人，為咗避免將來有任何爭拗，我哋通常都建議執行人盡早聯絡受益人……

【曦站起來踱步】

當然，我哋都可以幫你處理，但係如果我冇記錯，我哋應該冇你哥哥嘅聯絡⋯⋯【重新打開文件夾確認】係，如果唔係我同事今日都會請埋佢上嚟。

歐陽曦： ⋯⋯

華叔： 你有冇歐陽晴嘅聯絡？

歐陽曦： 冇。

【稍頓】

或者我講得清楚啲。我呢個阿哥十幾年前離開咗屋企，一直都冇返過嚟。以前佢偶然都會搵吓我媽媽——冇錢嗰陣，所以我哋偶然都會聽到佢嘅下落，最後嗰次好似話去咗南美，不過已經係幾年前嘅事，阿媽過身之後我哋冇再聽到佢嘅消息。

華叔： 明白。

歐陽曦： 你可以明白啲乜？

華叔： 家家有本難唸的經。

歐陽曦： 有乜咁難唸，咪就係每個屋企都有個仆街。每個

屋企總有一個，唔係喺出面打家劫舍、就係對屋企人自私自利嘅仆街，總之係嚟攞債嘅。我諗你最清楚啦馬律師，頭先我上嚟至撞到你個client，一個阿婆，喊住咁呻個仔冇去同個老竇鞠躬，我好同情佢，但係我都好安慰，原來呢啲嘢好平常，可能我屋企嗰個都唔係特別仆街。

華叔： 你話一億太。

歐陽曦： 係咪全幢大廈都知佢有一億？

華叔： 至少我全 office 都知。

【華叔搖頭】

老人家，一時意氣──【看錶】呻多五分鐘，佢同我同事呻多五分鐘我就見佢喇。

歐陽曦： 點解你唔界佢改遺囑？可能佢真係唔想將啲錢界個仔，可能佢個仔真係唔應得呢。

華叔： 冇話應唔應得嘅呢啲嘢。好多人覺得錢係應該分界孝順嘅仔女、無依靠嘅老弱婦孺、有付出嘅伴侶──簡稱合理啲嘅人。但係做咗呢行將近五十年我可以話界你知，世事往往事與願違。所以我只奉行一個守則，就係確保嚟我度嘅 client 係喺清醒、自願嘅情況下立遺囑，其他嘅嘢，我哋一

概唔過問。

【這個說法好像讓歐陽曦明白他永遠也不會得到他應有的「公道」，他變得比先前更抽離】

歐陽曦：　講返我爸爸份遺囑，咁「法律上」我應該點做呢馬律師？

華叔：　我會建議你用有限嘅線索繼續搵你哥哥，必要嘅時候都要喺外地登報尋人——

歐陽曦：　我唔會咁做。

華叔：　作為執行人雖然你有權變賣遺產，但係變賣過程最好都係得到另一受益人嘅同意，反正你遲早都要分一半畀佢。

歐陽曦：　我諗你誤會我嘅意思喇馬律師，我冇諗過獨佔筆遺產。

華叔：　我唔係咁嘅意思——

歐陽曦：　OK，我冇諗過「變賣」遺產——其實我哋講嚟講去都係嗰一幢唐樓，嗰幢唐樓係我長大嘅地方，冇必要我唔會郁佢——當然將來有發展商出天價收購我可能要搵歐陽晴返嚟商量，但係未到呢一日我都唔想搵佢，我好厭倦要幫佢處理一啲佢應該負責嘅嘢，我好厭倦終日打鑼咁搵佢。

【稍頓】

華叔：　　依家幢唐樓邊個住緊？

歐陽曦：　樓上已經空置咗幾年，樓下就租咗畀阿爸個舊夥計。收返嚟嘅租用嚟交差餉維修之類，放心，我叫公司個會計做晒 record。

華叔：　　歐陽先生你嘅業務做得咁出色，我相信要處理呢啲嘢對你嚟講冇難度嘅。

歐陽曦：　相比起好多嘢，做生意的確簡單好多。

【稍頓】

如果冇咩我想走先。

【說罷又站起來】

華叔：　　咁我幫你將令尊呢幾份債務備案——【按電話內線】Mandy 入一入嚟——都係嗰句，追唔追討係你嘅決定，以備不時之需啫。

【華叔站起，伸出手，歐陽曦握上】

歐陽曦：　唔該晒。

【華叔一邊送他出去】

華叔：　　令尊嘅後事搞得七七八八喇？

歐陽曦：　差唔多，有心。

華叔：　　節哀順變。呢兩年又要返工又要照顧爸爸，你都辛苦喇⋯⋯

【歐陽曦停住腳步】

歐陽曦：　你最近有見過我爸爸咩？

【華叔未反應過來】

你唔好介意我直接呀馬律師，你同我爸爸唔係會出去飲茶食飯嗰種朋友——佢過身之前有嚟過律師樓？

【Mandy 捧着一個文件夾興奮上】

華叔：　　係。不過唔好意思，我唔可以透露當中嘅細節。

【歐陽曦看着華叔】

歐陽曦：　我爸爸上嚟做咩？係咪同遺囑有關？佢係咪遇到啲咩困難？

華叔：　　歐陽先生，你咁樣我好難做。

歐陽曦：　有幾難做？一個仔想知道自己老竇臨終有啲咩煩惱會令你幾難做？

華叔：　　同你介紹吓我哋嘅律師 Mandy，跟住會由佢

follow 你個 file ——

歐陽曦： 啲人成日覺得律師呢種職業高高在上、神聖不可侵犯，我就冇呢種錯覺，我淨係覺得你哋成日用中立嚟做藉口，喺人哋面對不幸嘅時候置身事外，呢種提供服務、從中取利嘅營運方式，咪又係生意？憑咩你檔生意會高尚過其他人？

【歐陽曦轉身下，一眼也沒有看 Mandy】

Mandy： 點解會咁嘅？我仲有冇機呀？

華叔： 你頭先都聽到啦，佢對律師咁有偏見，你都唔好旨意佢喇……

Mandy： 你唔好嚇我呀華叔！佢係我唯一希望嚟㗎……

【律師同事 Alex 進】

Alex： 點呀？佢肯唔肯幫你個仔寫推薦信呀？

Mandy： 寫乜鬼吖，眼尾都冇「哨」過我，枉我尋晚通頂趕起 Leo 仔申請小學個 portfolio……

Alex： 點解你唔夾硬塞個 portfolio 畀佢啫？嗰個歐陽曦係名譽舊生、又做埋校董，佢出手 Leo 仔實入到神校㗎！

Mandy： 諗真啲實大把人搵佢幫手，點輪到我？冇開口都

好，唔使畀人拒絕咁面懵。

Alex： 仲諗住你可以順便溝埋佢畀 Leo 仔做後父 —— Single and rich！

Mandy： 係咪又喺我兩母子傷口上面灑鹽呀你！

華叔： 好喇好喇唔好講笑喇。你哋手頭上啲 case 點呀？晏晝我要跟田氏單爭產案上庭，呢度啲嘢要交畀你哋喇。

Mandy： 三房爭產案當中二房被指未經許可轉移先人資產，等緊相關文件；黃氏爭產案姐姐不接受庭外和解，決定正式入稟法院告妹妹私吞母親財產；陳氏提出嘅證據足以「受養人」申請遺產分配，同事幫佢搞緊。

華叔： 一億太嗰邊點呀？

Alex： Jonathan 傾緊，聽講今次有啲唔同，佢冇再由個仔 3 歲開始講起，又冇再講佢點樣忤逆個老竇，反而提出想用啲遺產建立一個信託基金捐晒啲錢出去。

Mandy： 佢講吓咋？寧願將啲錢捐晒出去都唔留畀個仔？

Alex： 呢個 case 都拖咗好耐，如果佢決定咁做我哋係咪都應該尊重佢？

【華叔收拾自己的公文袋】

華叔： Alex 你攞 Kevin 個 case 出嚟望下，佢啱啱做完類似嘅信託，金額同呢個差唔多，另外幫一億太 draft 定封信，要佢喺信入面解釋畀自己親人知點解唔分畀佢——遇到呢啲情況我哋要小心處理，將來封信除咗可以令當事人心理上好過啲，亦可以幫我哋避免不必要嘅訴訟……

【Alex 下，華叔臨離開前把一疊文件交給 Mandy】

你個機會。

Mandy： 咩嚟㗎？

華叔： 歐陽家個 case 唔複雜：遺囑寫得清晰受益人又冇爭拗，係有啲債務要備案——你知備案呢啲嘢，可以備得粗略，可以備得仔細。咁如果要備得仔細，咪要搵個 client 仔細咁傾囉……

Mandy： 多謝華叔！Leo 仔入到神校一定唔會少咗你嗰餐！

華叔： 講真見到呢啲咁嘅名譽舊生我就唔會想個仔入啲咩神校喇。

【華叔下，Mandy 感到掃興】

第二場

【洋服店，老闆娘嫻嬋戴着老花眼鏡看報紙，掛在門上的風鈴鏗鏘一響，一個充滿陽光氣息的中年男子瀟灑步進店子，嫻嬋抬頭，二人對看，稍遲疑，嫻嬋隨即放下報紙迎上】

嫻嬋：　先生你好！想搵啲乜嘢呀？普通西裝定踢死兔？我哋啲布料好靚全部歐洲入口——現成同訂造都有㗎喎。

【歐陽晴怔怔看着嫻嬋】

恤衫啱唔啱吖？有好多款㗎喎……仲有煲呔——講個秘密畀你知，以前有個特首都成日幫襯我哋，係邊個我就唔方便講喇。

【歐陽晴開始環顧四周】

我哋呢間老字號嚟㗎，五十年功夫，唔係誇張，件件造出嚟都係精品——喂，着到你成個辛康納利咁㗎喎。

【歐陽晴的眼睛亮了，輕輕拍櫃枱】

歐陽晴： 好！就同我度身訂造，一套着出嚟會變辛康納利嘅西裝！

嫻嬸： 【也輕拍櫃枱】好！後生仔夠爽快！

【一邊拿本子開單】

有冇話想做邊款吖？一係我幫你度身先哩？

【歐陽晴隨即脫下外套，站直身子，嫻嬸看着他的背影】

嘩個身型咁好，阿婆見到都起痰呀！

歐陽晴： 老闆娘果然係老闆娘，講嘢都風騷啲！

【嫻嬸開始一邊用軟尺量身一邊用筆記下尺寸】

嫻嬸： 我以前個事頭婆教落嘅，衫靚固然重要，但係自信先係關鍵——套西裝造嚟夏天着定冬天着呀？夏天就可以「梯（tight）」啲，冬天着就預鬆少少畀你入面着衫。

歐陽晴： 我住嗰度冬天唔凍㗎，四季如春，唔似得香港，諗起細個着虧佬褲嘅日子都想死。

嫻嬸： 依家香港嘅冬天都唔凍啦。你喺外邊返嚟㗎？好吖，返香港造衫好，我哋好多客移咗民都特登返嚟搵我哋造衫……

歐陽晴： 話時話領口幫我放咁四份三吋，我好怕有嘢箍住……

嫻嬸： 好好好，領口減四分三——

歐陽晴： 仲有胳肋底，胳肋底都要預鬆啲……

【嫻嬸覺得似曾相識，但很快繼續工作】

香港真係變咗好多，頭先我都爭啲認錯路……

嫻嬸： 你梗係好耐冇返嚟喇，呢區變化算少，你有冇去西環行吓？起咗西鐵之後改頭換面咯。

歐陽晴： ……我記得以前呢條街好多嘢食，依家冇晒嘅，後面幾幢舊樓又拆晒……

嫻嬸： 你哋外面睇可能變化大啲，我喺舖頭日做夜做，反而覺得五十年如一日。我本來打工嘅，早兩年事頭病咗至頂嚟做，事頭好呀，平租畀我，唔係以香港嘅樓市，呢啲咁嘅舖仔邊做得住？

歐陽晴： 我睇呢兩條街都收得七七八八，真係好快到呢幢。

嫻嬸： 係喍，我哋太子爺係建築師，佢知幾時好價喍。唔賣都加租啦，以前就話畀面我舊夥計，依家事頭都死埋，冇喍喇……

歐陽晴： 唔係咁冇人情味嘛？

嫻嬸：　　人走茶涼，係咁㗎喇⋯⋯所以明年間舖可能就唔喺度㗎喇，我係你，就做夠兩套。

歐陽晴：　點話點好啦。

嫻嬸：　　都話你爽快！度好喇。點呀，要咩款式？

【從掛起來衣服當中挑選】

睇你六神無主，等阿婆幫吓你啦，出席咩場合㗎？返工定宴會？

歐陽晴：　着嚟見一個人。

嫻嬸：　　見咩人先？相睇？定見工呀？

歐陽晴：　我媽媽。我哋好耐冇見。

【嫻嬸這才認真看着他】

我冇去佢喪禮，我想着佢舖頭嘅西裝去拜吓佢。

嫻嬸：　　阿晴？⋯⋯你係阿晴？

歐陽晴：　唔通真係辛康納利咩⋯⋯

【歐陽晴大笑】

Daniel Craig 都退役啦你仲辛康納利——櫃枱後面係咪仲黐住佢張相⋯⋯

【歐陽晴走向他熟悉的地方】

頂！仲喺度！喂我知佢係你老公死咗之後你唯一
有興趣嘅男人，但係性幻想咋！唔駛咁專一喋！
我真係服咗你呀嫻嬸，感情又係咁、事業又係咁
——又話走嘅？走唔到哩？仲頂埋間舖嚟做！頭
先入嚟我真係嚇一跳——冇變過！啲裝修、呢堂
簾、我聖誕節抽返嚟個筆筒，你成個人！呢度真
係，五十年不變⋯⋯做咩唔出聲呀？啞咗呀？

嫻嬸：　　你咪旨意一輪嘴就可以拋窒我。

歐陽晴：　醒咗喎⋯⋯

嫻嬸：　　一走就十五年。

歐陽晴：　數口仲精咗喺！

嫻嬸：　　十五年一封信都冇。

歐陽晴：　至少我好公平吖，我唔係淨係冇寫信畀你，我都
　　　　　冇寫信畀阿爸阿媽喋。

嫻嬸：　　你真係不孝，老竇老母死你都唔返嚟見佢哋一面！

【稍頓】

歐陽晴：　對唔住呀嫻嬸——

嫻嬸：　　你冇對我唔住，你對唔住你老竇老母啫！

歐陽晴：　唔係呀……阿媽走嗰陣我想返嚟㗎，但係真係好
　　　　　大鑊行唔開呀，阿爸走我直情唔知——

嫻嬸：　　曦曦一定有通知你嘅，根本就係你自己冇心肝！

歐陽晴：　我唔係話佢冇通知我，我係話冇人通知到我所以
　　　　　我唔知，我唔係特登唔返嚟送老竇嘅……

嫻嬸：　　……

歐陽晴：　唔好咁啦，我已經好內疚喇唔係連你都怪我嘛？

嫻嬸：　　……

歐陽晴：　OK冇見咁耐喊唔出唔緊要，至少攬吓，除咗阿
　　　　　媽之外我最掛住嗰個就係你喇，嚟吖嫻嬸，畀返
　　　　　啲家庭溫暖我吖……

嫻嬸：　　你個衰仔。

【擁抱，嫻嬸這才仔細地看他】

　　　　　你黑咗好多。

歐陽晴：　阿根廷曬吖嘛。

嫻嬸：　　原來你去咗阿根廷。

歐陽晴：　我去咗好多地方，我去晒你想去嘅地方，記唔記

得我哋以前一齊睇《寰宇風情》？佢哋拍嗰啲去晒，佢哋冇拍嗰啲我都去埋，我去到每個地方都諗起你，我成日諗，嫻嬸幾時先放得低康仔同愛卿去吓旅行？

嫻嬸：　陰功，你老到嫻嬸都唔認得你，你以前染金毛把頭髮好長，依家成個唔同晒。

【風鈴響，一個混血孕婦上】

Sofia：　Hello……

歐陽晴：　我呢幾年留喺阿根廷就係因為佢喇，快啲埋嚟，叫聲嫻嬸。

Sofia：　嫻嬸！我叫 Sofia 呀！係呀唔駛驚呀我睇起上嚟鬼鬼地但係我識中文㗎，我喺香港讀到小學㗎！

歐陽晴：　我特登叫佢遲少少入嚟，驚佢阻住我哋，抱頭痛哭就尷尬啦點知你咁冷靜……

Sofia：　Sip……

歐陽晴：　有冇搞錯呀，你見到我唔喊見到我老婆反而喊——我知，嫻嬸有少少失望，見到我哋啲咁優秀嘅血統畀你摻雜咗——

嫻嬸：　我唔知點解有女人肯嫁你……連仔都有埋……

歐陽晴： 眼利呀你！呢個真係慈姑椗，仲有個大女，就快四歲，喺阿根廷我外母睇住。

嫻嬸： 點解你唔帶佢返嚟呀？

歐陽晴： 我一個點照顧到咁多個呀？睇相一樣啫——Sofia你畀相嫻嬸睇！

嫻嬸： 我係話點解你唔早啲返！晴！太太如果見到不知會幾開心……娶到個咁靚嘅老婆你老竇老母唔知、做咗爺爺嫲嫲佢哋唔知……

歐陽晴： ……

嫻嬸： 你都唔知佢哋掛得你幾淒涼，尤其太太，個風鈴你走咗之後太太特登掛上去，佢想你一行入門口就聽到，點知到最後都等唔到……

歐陽晴： 我以為佢哋仲嬲我吖嘛，你知我嗰陣走得幾狼狽啦……

Sofia： 嫻嬸你唔好喊啦，我好眼淺㗎，你喊我又會想喊……

嫻嬸： 大肚婆唔好喊，一陣影響個BB……

歐陽晴： 所以你唔好鬧我呀，你鬧我佢都會喊㗎……

【Sofia輕打歐陽晴，看得出二人感情十分好】

嫻嬸：　　係喇咁你打咗畀你細佬未？

【稍頓】

歐陽晴：　……係未嘅。

嫻嬸：　　死咯你冇話畀佢知你返嚟呀？快啲打畀佢啦——

【歐陽晴拉着走向電話的嫻嬸】

歐陽晴：　咪住咪住咪住，呢個真係要儲吓 mood 先——

嫻嬸：　　你都癲㗎，兩兄弟儲咩——

歐陽晴：　唔係哩，歐陽曦嗰陣去到阿根廷我都冇理佢，我
　　　　　驚畀佢柄呀！

嫻嬸：　　你抵柄㗎，要個細佬做埋你嗰份……但係兩兄弟
　　　　　邊有隔夜仇？快啲打個電話同佢講聲啦！

Sofia：　　廣東話真係得意，係咪知道「隔夜餸」冇益所以
　　　　　叫人唔好有「隔夜仇」呀……

歐陽晴：　你遲啲見到我細佬唔好咁多口㗎呀，佢係最有幽
　　　　　默感嗰種傑出華人系列嚟㗎！

嫻嬸：　　你咪聽佢講，咁話自己細佬都有！

歐陽晴：　話時話佢點可以收你租㗎？我要同佢傾吓，依家
　　　　　阿爸阿媽唔喺度我哋可以話事，我哋放手畀你

搞，你想點搞就點搞！

嫻嬸： 　唔搞得幾耐啦，學你話齋，好快收到㗎呢幢。

歐陽晴： 　唔賣囉，可以唔賣㗎。

嫻嬸： 　唔好，賣咗佢，攞啲錢養家。

【稍頓】

我知當初事頭係想將愛卿傳畀你嘅，你又走咗去。佢病嗰陣我都係夾硬頂㗎做，你都知我屋企嗰個都唔會點幫手啦。愛卿留到依家叫做畀你認得路返屋企，都算功德圓滿。

【康仔惺忪從後舖出來】

康仔： 　喂歐陽晴！你到咗喇？做咩唔叫我去機場接你呀！

Sofia： 　終於見面喇康仔！

康仔： 　阿嫂！隔住個芒睇都知你明艷照人，真人果然不同凡響吓！

嫻嬸： 　衰仔你一早知大少返嚟？你同佢有聯絡都唔話畀阿媽聽？

康仔： 　哎呀你咪煩啦，嗒嗒喺網上搵返之嘛，同埋依家

　　　　　　咩年代呀，邊有人仲叫大少二少㗎，粵語殘片
　　　　　　咩！

嫻孀：　　你個衰仔！

歐陽晴：　嫻孀呀，不如你先帶 Sofia 周圍參觀吓，佢成日
　　　　　　話想睇吓我細個住嘅地方。

Sofia：　　阿晴佢哋以前住樓上㗎？

嫻孀：　　佢哋以前住頂樓，鎖匙唔喺我度。二樓就用嚟放
　　　　　　雜物，你唔嫌「撈搞」我帶你上去行吓吖？

Sofia：　　好呀我好想睇佢長大嘅地方……老公我帶個仔上
　　　　　　去探險先。

歐陽晴：　你睇住呀，唔好興奮得滯呀！

【嫻孀與 Sofia 下】

【歐陽晴與康仔互拍肩膊】

康仔：　　終於返嚟喇吓！

歐陽晴：　多得你幫手！

康仔：　　一場兄弟唔好咁講！唔好以為我唔記得呀，我細
　　　　　　個跟你搵食㗎。

歐陽晴：　嗰啲邊叫搵食吖，嗰啲叫搵唔到食，唔係都唔駛

走到咁遠……榮哥間證券公司仲喺唔喺度？

康仔： 冇做好耐啦，細林走佬之後你走埋，佢冇畀人告都偷笑啦……

【康仔向歐陽晴遞出香煙，歐陽晴表示不抽】

係喎駛唔駛約佢出嚟吹吓水？

歐陽晴： 千祈唔好。

【歐陽晴環顧這個熟悉又陌生的地方，康仔默默點煙】

唔返嚟都唔覺，原來我仲有好多嘢喺呢度。

康仔： 係㗎唔攞就冇㗎喇，所以我叫你借錢都要返嚟行呢一轉。放心啦，我阿媽會自動波幫你約歐陽曦講數㗎喇。

歐陽晴： 【下意識鬆一鬆衣領】希望唔駛搞好耐啦。

【燈漸暗】

第三場

【酒樓偏廳，嫻嬸約了一眾舊街坊和夥計為歐陽晴夫婦洗塵，眾人未到之前嫻嬸、經理及 Sofia 在研究菜單】

經理：　嗱，我覆多次：醬蘿蔔、拌馬蘭頭各兩客；然後龍井蝦仁、東坡肉、生爆鱔骨、栗子燒羊腩、宋嫂魚圓羹、最後清炒豆苗，甜品係酒釀丸子。

嫻嬸：　好似都唔係好夠……

經理：　加埋煙燻黃魚囉。

嫻嬸：　好喎！你老爺生前最鍾意食呢度嘅煙燻黃魚！

經理：　我記得貴嬸走咗之後佢有時都自己上嚟，叫一條魚跟一大碗白飯，好好胃口喋，有時廚房揀條魚細啲都畀佢鬧，你知貴叔幾好火啦！後尾話搬去同個仔住，就冇再上嚟食喇。

嫻嬸：　啲魚骨細，佢個仔驚佢哽親呀。

經理：　點會吖呢啲又係多餘，老人家要食咩咪由佢囉，食得是福嘛——所以後尾咪咁瘦囉！

嫻嬸： 唔係我哋照顧我哋唔畀意見啦……係喎，我見你夥計未加枱，佢哋知今晚加多張呵？

經理： 知知知，佢哋轉頭入嚟加㗎喇，今晚好熱鬧，好似以前做節咁。

嫻嬸： 少咗好多啦，死嘅死散嘅散，我見難得聚會，咪叫佢哋帶埋屋企人嚟……Sofia呀，呢餐你哋唔好同嫻嬸爭。

Sofia： 唔得！話明我哋請㗎嘛！咁耐冇見阿晴想請啲uncle auntie食飯呀。

嫻嬸： 傻啦，依家係我哋同你洗塵呀，你哋唔可以畀錢㗎。

Sofia： 唔好啦嫻嬸，阿晴真係想請大家食飯㗎——

經理： 睇你由啲後生請啦，人哋喺阿根廷返嚟，搵到唔志在啫。

嫻嬸： 喺邊度返嚟都係假，佢哋呢個年紀就最花錢，上有高堂下有子女㗎——喂我畀佢囡囡啲相你睇吓，好得意……

【Sofia協助嫻嬸向經理展示iPad上的照片，歐陽晴從洗手間出】

Sofia： 你哋慢慢睇……

【Sofia 走向歐陽晴】

你今日做乜成日去廁所？哎吔你擦到條頸紅晒喇！

歐陽晴： 件新衫刮領呀，周身唔聚財！

Sofia： 係咪見你細佬有壓力呀？

歐陽晴： 黐線㗎我會有咩壓力——禮物呢？有冇帶出嚟呀？

Sofia： 攞咗喇……死啦佢哋好似叫咗好多人，我哋夠唔夠錢埋單㗎？

歐陽晴： 食餐飯啫使得幾多錢吖，話時話有冇叫蟹粉撈麵——經理幫我加多個蟹粉撈麵——以前老竇死都唔畀我哋叫，今次我點都要食返夠本！

Sofia： ……我驚唔夠錢埋單呀你仲叫。

歐陽晴： 我鍾意食吖嘛，你又話所有你煮唔到嘅嘢我出街都可以叫嘅。

【Sofia 因為反駁不了他而傻笑】

Sofia： ……頭先嫺嫺話佢可以埋單——唔關我事㗎係佢自己提出㗎！佢話幫我哋洗塵喎，其實佢都有佢嘅道理，我哋咁遠返嚟——

歐陽晴：　咩呀真係好多塵呀？要啲老人家攞棺材本出嚟幫
　　　　　我哋洗呀？唔得呀！人哋嫻嬸都唔係好有錢咋。

Sofia：　　……

歐陽晴：　我講咗啦，你唔好成日擔心錢，我哋之後會好有
　　　　　錢㗎，嗰日你都聽到個地產經紀講，嗰幢樓，講
　　　　　緊真係好多錢！

Sofia：　　但係依家都未真係有錢，萬一康仔搞錯你阿爸冇
　　　　　預一份畀你……

【歐陽晴不忍 Sofia 再擔心下去】

歐陽晴：　咁律師樓唔會搞錯喇啩？

Sofia：　　你搵到嗰間律師樓咩？

歐陽晴：　晨早搵咗啦，唔係點敢買機票呀？

Sofia：　　你意思係，你返香港之前已經搵到你爸爸間律師
　　　　　樓？你冇話我知嘅！

歐陽晴：　睇吓你信唔信我囉，睇吓我話我想返嚟搏吓你肯
　　　　　唔肯同我搏囉。

Sofia：　　好無聊呀你——你係咪真係搵咗㗎？佢哋點講呀
　　　　　——歐陽晴你唔好又呃我呀！

歐陽晴： 我冇呃你，我記得以前喺老竇本電話簿見過一
個律師嘅名，我知我老竇用開嗰個就用嗰個，於
是咪上網撞吓，真係畀我搵到，我畀晒啲資料佢
但係佢話我點都要親身到一次，於是乎我就好認
真咁問佢：老老實實，我要犧牲好多先可以親身
出現，你係唔係肯定我會有嘢攞走先……

Sofia： ……

歐陽晴： 佢話係。

Sofia： 你好叻呀！

歐陽晴： 唔係你以為我淨係聽康仔講兩句咩都唔理就借錢
返嚟？我喺你心目中係咪咁笨實呀？

Sofia： 我以為你想拜吓你爹哋媽咪吖嘛。

歐陽晴： 【一怔】都係。但係有啲情況都要有錢先盡到孝
㗎嘛。

【Sofia 為放下心頭大石而開心】

Sofia： 咁就好喇終於可以換架 BB 車，我諗起 kick 住
kick 住都要用佢嚟推細佬就冇心機喇！

歐陽晴： 有冇搞錯呀換……BB 車？梗係換架法拉利啦！
我要喺 Avenida 9 de Julio（七月九日大道）上面

來回咁片，想切晒嗰 18 條行車線好耐㗎喇！

【Sofia 的心涼了一半】

講笑咋我點會攞嚟買法拉利？我梗係會用晒啲錢嚟買 BB 嘢啦、BB 基金啦⋯⋯睇你開心到，諗起都開心哩⋯⋯

Sofia： 嘩，我哋真係會變有錢人呀？⋯⋯諗起都有少少唔慣。

歐陽晴： 要慣㗎，要學識大方啲、大器啲，好似請夥計食飯呢啲嘢，最唔慳得，我老竇以前好老土，請佢哋食飯專叫平嘢，再唔係淨係叫自己鍾意食嘅嘢，啲夥計唔出聲就以為人哋唔知，我哋唔好咁呀知唔知？

Sofia： 知道。

歐陽晴： 佢依家走咗，我哋攞佢啲錢嚟多謝返啲夥計，當幫佢留返個好印象⋯⋯同埋好話唔好聽，佢哋一個二個咁老，我哋又唔係成日返嚟，我估都係見埋今次，當佢哋上天堂之前請佢哋食餐好嘅啦⋯⋯

Sofia： 老公你心地咁好一定有好報㗎⋯⋯

歐陽晴： 報咗啦，喺呢度、喺呢度【指她的肚】⋯⋯

Sofia： 仲有 Bella ！

歐陽晴： 仲駛講嘅⋯⋯

【歐陽晴擁着 Sofia，發現嫻嬸看着自己】

喂你哋唔係睇緊 Bella 啲相㗎咩？做咩係咁盯住我哋呀？

嫻嬸： 盯住你哋開心吖嘛，我正話至同經理講，千金難買一回頭，如果你媽媽見到你今日咁，佢一定好安樂。

Sofia： 我哋嗰日拜山都帶晒啲相上去，不過阿晴話驚嘈親老爺，死都唔畀我播片畀奶奶睇。

歐陽晴： 費事啦我哋個女咁得意，一陣畀啲「咩」睇中咗點算呀，阿媽唔駛睇㗎，阿媽一早見到㗎喇！

【Sofia 着他不要亂説話】

真㗎我阿媽真喺一早見到㗎──講到呢度就要同你哋分享一段古喇，關於我個女出世前嘅一個奇遇。話説我第一次做老竇，呢隻嘢又唔爭氣，生極都生唔出搞到我喺醫院等咗成晚，越夜越冇聲氣，我就開始緊張啦，會亂諗嘢㗎嘛⋯⋯【大家關起影片聚精會神地聽】咁我不嬲都冇信神信佛嗰啲嘢，衰啲講句，入廟都多口過人嘅，咁點

呢？我醒起我阿媽，我跪咗喺醫院個噴水池邊
——阿根廷嗰啲公立醫院有噴水池㗎——我話，
媽，我知我成世人都激心你，但係我真係好愛呢
個女人，你可以保就保埋個 B 啦，唔得嘅至少保
住我個女人。後來迷迷糊糊我喺張長凳瞓咗，就
喺嗰張長凳——我夢見阿媽⋯⋯

【歐陽曦步入，但其他人並未為意】

阿媽就着佢往時後生着開嗰件淺黃色長衫，好慈
祥嘅，一條白頭髮都冇，佢同我講，哥哥你唔駛
驚，萬「刧」不離其宗：就係要你學會珍惜得來
不易嘅嘢，由今日起只要你好好地對待身邊嘅
人，個天會幫你嘅。然後佢喺身後面攞咗個蒸籠
出嚟，熱騰騰嘅，佢話阿媽知你肚餓，整咗你最
鍾意嘅白糖糕，我就扎醒咗喇——

【歐陽晴見到歐陽曦，正定睛看着自己】

冇幾耐醫生就話，生咗喇。

【其他人朝他的目光看過去，也見到歐陽曦】

【靜默】

【Sofia 第一個走向歐陽曦】

Sofia： 　　Hello 你梗係曦曦喇——

【歐陽曦當她透明一樣地朝另一方走】

歐陽曦： 嫻嬸。

【歐陽曦找了一張椅子坐下，向經理】

　　　　 未點菜呀？

經理： 　　點咗喇，冇咩我出去做嘢先。

【經理下】

歐陽曦： 點呀嫻嬸，生意幾好嘛？

嫻嬸： 　　……都係咁啦……多謝你一路平租畀我哋，至唔駛大蝕。

歐陽曦： 康仔呢？康仔今日冇嚟咩？

嫻嬸： 　　康仔今日去咗攞貨……曦曦呀，哥哥好遠水路返嚟呀，叫聲哥哥啦。

歐陽晴： 呀我未講完！就係因為嗰個夢，我將個女嘅乳名改咗做——白糖糕！

Sofia： 　　講起白糖糕，老公呀，不如我哋畀 Bella 啲相你細佬睇吓——

歐陽曦： 你哋兩個今次返嚟係為咗啲遺產喫係嘛？

嫻嬸： 唏！兩兄弟唔得咁樣講嘢嘅。曦曦就算你係我業主我都咁話，你阿媽唔會想你哋咁嘅——

歐陽晴： 老婆你唔使畀白糖糕啲相佢睇，我細佬唔會有興趣。

嫻嬸： 阿晴！

歐陽曦： 我的確冇興趣。如果識嘅人都可以不聞不問，更何況唔識嘅人？咩白糖糕？我姪女？未見過嘅細路點解我會有感情？就因為我同佢有血緣關係？阿爸阿媽在生或者有興趣，我就冇。

嫻嬸： 如果你哋要嗌交嫻嬸出去先，年紀大，心臟負荷唔嚟。

歐陽曦： 你唔走得喫嫻嬸，佢今日請你哋上嚟就係畀壓力我，所以你唔走得喫。

歐陽晴： 我請佢哋嚟係想同佢哋敍舊，同埋我唔想單獨見你，我冇必要畀壓力你。如果阿爸阿媽冇嘢留畀我，我畀壓力你都冇用；如果阿爸阿媽有留嘢畀我，我畀唔畀壓力你都要畀返我。

歐陽曦： ……我知屋企人冇得揀，所以我一度好慶幸自己唔再需要同你呢種人周旋——你真係冇變喫歐陽

晴，永遠都咁老馮，淨係識輸打贏要。

Sofia： ……你可唔可以唔好咁樣鬧我老公呀——

歐陽曦： 仲要帶多個，茶都未斟過畀人哋嘅父母就敢嚟攞錢，好人有限。

歐陽晴： 你唔好鬧得就鬧！Sofia 係我屋企人唔係你屋企人——

歐陽曦： 我梗係唔當佢係屋企人啦，連你我都覺得陌生。屋企人會十幾廿年唔見㗎咩？屋企人會留極 message 都唔覆？記唔記得我去到阿根廷搵你你都冇出現——

嫻嬸： 夠喇！我唔係你哋邊個，但係絕對有資格講：貴叔貴嬸唔係咩偉人，但係佢哋都係好好嘅人，佢哋做生意均真、對我哋成班夥計都好，一世人克勤克儉就為一個家。依家佢哋走咗，個家四分五裂唔係問題，問題係冇需要丟人現眼，一陣好多舊夥計嚟見到會戥佢哋傷心，你哋明唔明白？

歐陽曦： 嫻嬸你講得啱，我都唔想阿爸阿媽難睇，所以今日特登帶埋阿爸遺囑嗰邊嘅律師早啲嚟，完埋呢件事就各行各路，我唔嘥時間食飯。Mandy！

【Mandy 一直都站在門口，這時才怯怯地步出】

歐陽晴： 依家咩事呀，啲錢你分畀我㗎？

Sofia： 唔好同佢嘈啦老公。

歐陽晴： 啲錢又唔係你留畀我，你扮乜嘢呀依家？

嫻嬸： 哥哥！一人少句！

Mandy： 或者我都講清楚先，我喺度只代表歐陽曦先生同佢係遺囑執行人嘅身份，唔係好方便俾其他嘅法律意見。

【歐陽曦一面吩咐 Mandy 把文件交給歐陽晴，一面取出支票簿】

歐陽曦： 阿爸淨返幢唐樓，遺囑上由我哋兩個繼承。但係佢唔想我哋賣咗嚟分，一係你買我嗰份，一係我買你嗰份。我睇你都冇錢㗎喇，開個價吖，合理嘅話我寫 cheque 落訂，尾數過兩日去銀行搞。

【歐陽曦看着他們】

講吖。

【歐陽晴與 Sofia 對望，完全不知怎樣反應】

OK 你哋唔熟價位唔緊要，律師同銀行估咗價，文件上面列晒出嚟，唔信你可以自己打去問，不過我已經揀咗最高嗰間畀你。

【Mandy 把其中一頁文件遞給歐陽晴，幾位女士都在等他反應】

歐陽晴： 我今次返嚟……如果淨係為咗攞遺產我直接鏟上律師樓就得……我係諗住同你好好地見個面……我覺得大家一場兄弟——

歐陽曦： 所以？我就要同你夾份做一場兄弟情深等你分錢分得安樂啲？

【歐陽晴動怒了】

歐陽晴： 由細到大阿爸阿媽已經咩都睇你頭，依家佢哋留咗啲嘢畀我我返嚟攞，點解好似要得到你恩恤咁呢？攤開本支票簿坐喺度當自己做咩？發放綜援呀？我駛唔駛跪低呀？

嫻嬸： 唔係，曦曦唔係咁嘅意思——

歐陽晴： 屋企啲嘢從來都係你揸 fit，好話唔好聽阿爸阿媽最後有幾幢樓我冇問、有幾多積蓄我冇問、連間舖賣咗幾多錢我都唔問——

嫻嬸： 嗰度冇幾錢㗎，事頭象徵式咁收咋——

歐陽晴： 我只係舉例啫嫻嬸你唔駛緊張——我即係話，我都冇去估佢私下畀你幾多、暗中又點塞多啲畀你，我點解唔安樂呀？要唔安樂嗰個都係你啦係

嘛？我都係，律師話有咪有囉，半層樓我諗基本啦，其他你哋話幾多咪幾多囉咁——你都仲想奚落我！喺我老婆面前奚落我！你見唔見到佢個樣呀？唔好話呢個係你大嫂，就算係路過嘅大肚婆，你都唔忍心佢擔心成咁啦你係咪人嚟㗎？

歐陽曦： 即係你覺得喺父母身邊嗰個一定最着數？**【歐陽曦放下筆】**阿爸阿媽一定留多啲畀我，而你喺出面捱生捱死返到嚟仲要分少份真係好唔公平喇係嘛？

歐陽晴： 我唔係咁嘅意思……咁印象之中阿爸唔只得嗰幢樓㗎嘛，佢做生意實有流動資金之類㗎嘛……即係……我哋唔駛咁計，我係話我唔介意唔計嗰啲——哎總之我知遺囑上面有我嘅名……律師都叫我返嚟嘅……

【歐陽曦深思熟慮，突然收起支票本】

歐陽曦： Mandy，我計漏咗啲嘢。

Mandy： **【急忙翻閱文件】**計漏咗？

歐陽曦： 你記唔記得，我哋仲有一條數備咗案嘅呢？

Mandy： 但係歐陽先生你話——

歐陽曦： 我改變主意。我決定追討返嗰筆欠款，我要求從

遺產當中扣除所有債項，包括我父母生前嘅生活費、醫藥費、殯葬費，之後先至同我呢位阿哥平分。如果我「屋企人」對自己應得嘅財產數目有異議，我歡迎佢哋透過訴訟去爭取，順便了解一下我父母生前嘅財政狀況。

嫻嬸：　咩債項呀？事頭冇欠債呀⋯⋯

歐陽晴：　歐陽曦你又想點呀？點解你連我應得嗰半都唔畀我？既然老竇老母係畀我，我唔該你即刻交返出嚟！

歐陽曦：　正正係因為你呢種態度。正正係。因為。你呢種態度。

【歐陽曦示意律師一同離去】

歐陽晴：　你係咪想我告上法庭呀歐陽曦！你係咪要玩到咁大呀！

Sofia：　你要冷靜呀老公⋯⋯你唔好畀佢激到呀⋯⋯

嫻嬸：　曦曦你咁樣係唔啱㗎——

【歐陽曦回頭看眾人】

歐陽曦：　我頭先入嚟聽你講到，夢入面嘅媽媽，着住淺黃色嘅長衫，一條白頭髮都冇⋯⋯你根本係活喺過

去。我真係好希望有人可以話畀你知，媽媽做完
化療之後個樣係點。佢啲頭髮點甩法、佢點虛弱，
被迫要搬去療養院，離開佢生活咗一世嘅地方。

【歐陽曦下，靜場，燈漸暗】

第四場

【華叔與 Mandy 相對而坐】

Mandy： 離開酒樓之後歐陽曦問我趕唔趕時間，我話唔趕，佢就帶咗我上佢屋企，好大好靚，成塊落地玻璃對住個海景，我企咗喺客廳唔夠一分鐘佢就喺房入面攞咗個 folder 出嚟，就係你手上呢疊單據同張手寫遺囑。

華叔： 單據我睇過，係呢幾年嘅賬目，主要係佢雙親過身前嘅開支，羅列得好清楚，呢個歐陽曦真係一個非常 organized 嘅人。

Mandy： 我話非常無情就真，邊有人會將成人紙尿片嘅單都 file 㗎？佢已經有個咁靚嘅海景，點解仲要計較呢啲錢？

華叔： 唔好對 client 有偏見。

Mandy： 好難冇偏見囉——你冇喺酒樓見到佢阿哥當時個樣咋，幾慘呀，一定係由細到大畀佢騎住。

華叔： 要計返佢出過啲咩錢唔難，但係張手寫遺囑——

【電話響，華叔接聽】

好，請佢哋入嚟吖。

Mandy： 駛唔駛搵定筆跡鑑證專家？

華叔： Expert 唔係咁容易搵，亦都會搞到個 case 複雜咗同拖長晒時間，所以最好睇吓可唔可以私底下傾掂先。

【歐陽晴、Sofia 和康仔上】

歐陽先生？

歐陽晴： 馬律師吓嘛？我喺阿根廷同你通過電話㗎喇！幸會幸會！

【二人握手】

呢位係我太太 Sofia、康仔係我由細玩大嘅好兄弟。

華叔： 你想大家一齊傾？

歐陽晴： 我冇咩唔可以喺佢哋面前講，其實今次返嚟都係多得康仔幫手，我成日喺外邊，香港嘅嘢佢知得比我清楚，所以叫埋佢上嚟商量。

康仔： 我梗撐你，想吼你唔喺度就霸晒你老竇老母啲嘢，

你細佬真係唔係人㗎喇！

歐陽晴： 唔好咁講，或者曦曦都係一時意氣，我哋聽吓律師點講先。

華叔： 聽到呢句話我就放心，華叔做咗五十年遺產訴訟，大部份官司都係意氣之爭，最後啲錢都係益咗律師——華叔唔係唔想掙錢，但係我哋嘅宗旨係一家人，盡量調停，無謂做成一生裂痕。

歐陽晴： 有樣嘢我不得不佩服我老竇，佢份人係狼戾嘅但係睇人好準，請親啲人都好掂㗎真係⋯⋯

華叔： 過獎過獎⋯⋯呢份就係令尊喺我哋律師樓立嘅遺囑，其實都好簡潔，就係將所有家產平分畀佢直系嘅家屬，依家即係指你同你弟弟歐陽曦先生。

康、S： 都話㗎啦！／ 咁就好喇！

華叔： 至於你細佬同 Mandy 提出嘅賬目，主要係佢為令尊生前代支嘅費用——

歐陽晴： 呢點我返去有諗過，佢都唔係完全冇道理，聽講呢幾年我老竇都係同佢住，如果佢想扣返啲錢先同我分，我冇異議——

康仔： 梗係唔好啦！貴叔貴嬸咁疊水駛鬼使佢啲錢咩，佢分明就係想攞多啲——

歐陽晴：　有冇聽馬律師講呀？無謂做成一生裂痕呀，嗰啲使費有限錢啫，快快趣趣搞掂返屋企，唔好拗埋啲無謂嘢。

Sofia：　好呀老公，我都想快啲返屋企……

歐陽晴：　佢應得㗎，我老竇咁難頂，你畀錢我搞我都搞佢唔掂，依家我細佬連擔幡買水都幫我做埋，我寧願佢要大份嘅等我自己心安理得啲——所以馬律師你放心，我會盡量配合，我細佬要求喺遺產裏面扣走幾多吖？

華叔：　……醫療殮葬加埋生活開支總數係：二百五十六萬七千零二十蚊。

Sofia：　……即係幾多 Peso 呀？

【歐陽晴有點震驚但很快下了決心】

歐陽晴：　咁幢樓值幾千萬㗎嘛，嗰二百幾萬由佢啦。

華叔：　你都可以咁諗，但係跟住落嚟你要冷靜啲聽我講：歐陽曦先生手上有一張據稱係令尊親手寫嘅遺囑，我哋都係啱啱收到。內容係指歐陽曦幫令尊還過幾筆債務，令尊因為喺限期內無力歸還，佢決定將幢樓留畀歐陽曦。

歐陽晴：　即係點呀？

華叔：　　即係如果證實張手寫遺囑係真嘅，幢樓將會由你
　　　　　弟弟全權擁有。

康仔：　　搞撚錯呀！

歐陽晴：　咁我想問，我老竇除咗幢唐樓仲剩返啲咩？

華叔：　　有三個戶口，加埋大約有廿八萬存款。

歐陽晴：　仲未扣我細佬 claim 嗰筆開支。

華叔：　　原則上係。

　　　　　【稍頓】

歐陽晴：　歐陽曦想一個仙都唔分畀我。

　　　　　【稍頓】

　　　　　可唔可以畀杯水我？

　　　　　【燈光轉變，華叔穿梭到律師樓的另一個會客室】

歐陽曦：　點呀，歐陽晴有冇好震驚呀？一家大細山長水遠
　　　　　咁返嚟最後一個仙都冇。

　　　　　【見到歐陽曦罕有的好心情，華叔與 Mandy 面面
　　　　　相覷】

華叔：　　點都有啲愕然嘅⋯⋯

歐陽曦：　佢身邊有咁多人嘅住，一定唔會畀佢兩手空空咁走嘅。

華叔：　　你講得啱，佢哋正考慮依循法律途徑去處理呢件事。

歐陽曦：　好呀，佢最好有足夠嘅時間同錢，打官司最需要嘅就係時間同埋錢。

華叔：　　呢兩樣似乎都係佢哋現時最缺嘅。

歐陽曦：　聽講今次佢哋嘅機票同食宿都係問人借。

Mandy：　佢哋原本只係計劃留港三個禮拜。

歐陽曦：　佢想用三個禮拜就釐清呢十五年嘅嘢？嘿，香港嘅司法程序咁緩慢，我諗你哋要勸佢留耐啲喇。

華、M：　⋯⋯

歐陽曦：　或者佢可以飛返去慢慢等，到上庭嘅時候再飛返嚟，只不過到時又要籌錢，你知啦阿根廷飛香港唔平㗎嘛。

華、M：　⋯⋯

歐陽曦：　係喇，佢哋有冇資格申請法援？係咪有身份證就

可以申請？有個朋友話要有住址證明先得嘅，不過呢啲相對小事，康仔會幫佢。

華叔： 歐陽先生，有冇諗過大家坐低傾吓先呢？

歐陽曦： 同我大佬？

華叔： 係囉。

歐陽曦： 點解？

華叔： 因為真係鬧上法庭嘅話，歐陽先生，你都唔一定贏。而且冇父母會想睇到子女為遺產呢啲嘢對簿公堂。

歐陽曦： 咁你唔駛擔心，我父母已經死咗唔會睇到；你更加唔駛擔心我，我有大把時間大把錢。

Mandy： 但係佢哋冇時間喇歐陽先生，你阿嫂大住個肚，再過多幾個禮拜就上唔到機。

【稍頓，歐陽曦感到 Mandy 對自己有看法】

歐陽曦： 咁你覺得我應該點做呢？即刻分界佢等佢趕得切返去生？

華叔： Mandy，你去幫 Alex 搞埋信託基金啲嘢，呢度交畀我得喇。

【Mandy 下】

唔好意思呀歐陽先生，佢啱啱喺 Family 轉過嚟遺產訴訟，唔係好熟知呢邊嘅規矩。

【燈光轉變，Mandy 拿着水杯穿梭到另一個會客室】

康仔：　　水嚟喇水嚟喇⋯⋯

歐陽晴：　老婆，水呀。

【Sofia 接過水杯呷了一口】

叫咗你留喺酒店休息啦你又要跟住嚟。

Sofia：　　點算呀即係我哋咩都冇⋯⋯

歐陽晴：　老婆你唔好絕望住，律師會幫我哋㗎嘛——

華叔：　　喺呢件事上面我哋只係代表歐陽曦作為遺囑執行人嘅身分，你哋有爭拗嘅話我哋兩邊都唔可以幫㗎。

歐陽晴：　OK 咁我哋自己請律師囉！

Sofia：　　我哋已經冇錢還返畀人，仲邊有錢畀律師費？

康仔：　　阿嫂你真係唔駛擔心，必要時問我阿媽借，佢一定肯幫手！

歐陽晴：　你咪黐啦，酒店錢我都未還返畀你！

Sofia：　　唔好！真係唔好！老公我哋唔好再倒錢落海，我哋走啦！

康仔：　　走？你哋點都要 check 吓盤數係嘛？

歐陽晴：　唔使 check 都知有幾唔合理啦！律師話佢幫我老竇還嗰筆債只係四百幾萬，OK 就算加埋佢講嗰二百幾萬生活費，都唔駛用一幢幾千萬嘅樓嚟還嘛？

康仔：　　如果畀人收購唔止，隨時過億㗎呀——

Sofia：　　但係佢有老爺寫畀佢張新遺囑，幾錢都唔關我哋事㗎！

歐陽晴：　老婆你冷靜啲啦，我老竇成世人最緊張就係錢，呢啲咁重要嘅嘢佢唔會攞張紙求其撩㗎——

康仔：　　張嘢九成係歐陽曦自己撩出嚟！

Sofia：　　就算係我哋都冇辦法——老公你聽我講，我舅父嗰邊都搞過呢啲嘢，真係可以搞好耐㗎！你十幾年唔喺度，佢有足夠嘅時間準備晒所有嘢，我哋唔夠佢鬥㗎！

【華叔手捧一箱文案上，Mandy 趕緊上前幫忙】

華叔：　啲數㗎晒度，呢度係令尊生前所有股份基金物業買賣嘅存檔，仲有舖頭啲數同過去七年嚟幾個銀行戶口嘅交易記錄。

歐陽晴：　唔該晒呀馬律師，你真係有效率。

華叔：　有效率嘅唔係我，係你細佬，佢一早已經準備好。

【Sofia 看着他】

歐陽晴：　……我哋夠可以準備咯！嚟康仔，check 數！

康仔：　請專家 check 啦我哋識條鐵咩！

Sofia：　你真係諗住同你細佬打官司？

華叔：　咪住咪住，未決定打官司之前，或者畀我試吓幫你約另一位歐陽先生出嚟——

歐陽晴：　唔駛！佢就係要我求佢！我唔想求佢！

Sofia：　你唔想求佢又唔想放棄啲錢咁即係你會打官司啦！

歐陽晴：　我哋返酒店先傾啦好唔好？康仔，走，攞埋啲文件返酒店。

康仔：　咁多點攞呀……

Sofia：　……我唔想打官司……我唔想留喺度……Bella 等緊我哋返去……

歐陽晴：　哎吔老婆你唔好咁啦⋯⋯

康仔：　　係啦阿嫂，喊係有用㗎！

【看着也無奈的華叔和 Mandy】

　　　　⋯⋯大肚婆，可能比較情緒化。

Sofia：　OK，我冇嘢，我真係冇嘢喇，馬律師你可唔可以
　　　　借間房畀我同我老公傾兩句？

華叔：　　隨便。

康仔：　　係呀阿嫂講緊半幢樓呀你真係要理智啲——

【歐陽晴叫康仔不要說了，華叔示意大家離開】

Sofia：　⋯⋯對唔住呀老公。

歐陽晴：　唔緊要⋯⋯

Sofia：　I have such a bad feeling.

歐陽晴：　Jet lag 吖嘛，我哋仲未校返啱啲時間就要搞咁
　　　　多嘢——

Sofia：　唔關事呀老公，你聽我講，我覺得連個仔都想阻
　　　　止我哋——

歐陽晴：　你又嚟喇，你一 panic 就亂諗嘢——

Sofia： 真㗎，嗰日見到你同你細佬嗌交佢喺肚裏面郁得好犀利⋯⋯我都好驚，我從來未見過你咁、你好似變咗另一個人。我知你好唔鍾意你屋企人、喺呢個 family 有好多唔開心嘅回憶，但係呢啲嘢已經過咗去，歐陽晴，你已經有自己屋企、你有我哋，唔好界呢啲嘢影響你、唔好界啲唔好嘅嘢走返入你個心⋯⋯

歐陽晴： 冇，我冇界啲咩走入我個心。除咗阿媽之外我對佢哋已經冇感覺，我只係想攞返筆錢——

Sofia： 筆錢你一早預咗冇㗎啦，啱啱識你嗰陣你話就係唔想靠佢哋你先走咗去，你寧願喺外面都唔想界佢哋睇死⋯⋯可能就係咁所以我哋先生活得咁自在，咁咪好囉點解又要鑽入去啫？⋯⋯我都鍾意錢，但係如果為咗錢你又變返個唯利是圖——

歐陽晴： 我唯利是圖？

Sofia： 你敢話你唔係，你爭啲呃埋我老竇，好彩我醒目。

歐陽晴： 你唔係醒目，你係靚，靚到我唔想昆完你老竇冇得見你啫⋯⋯

【歐陽晴看着 Sofia，感到自己會被她説服】

康仔話阿爸之前真係打鑼咁搵過我㗎，嗰朝早我

哋至喺度計緊個仔出世要使幾多錢，下晝你就收到康仔電話喇，點會咁啱吖？嗰個鐘數你多數落咗餐廳幫手㗎嘛⋯⋯冥冥中啲嘢好似夾好晒咁⋯⋯我覺得呢筆遺產真係個天跌畀我哋嘅禮物㗎㗎⋯⋯

Sofia：　會令兩兄弟打交嗰啲就唔係禮物，而係大整蠱。

【歐陽晴把 Sofia 擁入懷】

【燈漸暗，地盤工人入，大轉景】

第五場

【一塊等待建設的土地，歐陽曦跟工程師拿着圖積在比劃，歐陽晴上】

【歐陽曦終於發現了歐陽晴，示意下屬離開】

歐陽晴： 我上過你 office，你啲同事話你落咗嚟。

【歐陽曦沒看他一眼】

歐陽曦： 搵我有事？

歐陽晴： 嗯。

【歐陽晴未能宣之於口】

歐陽曦： 拜咗阿爸阿媽未？

歐陽晴： 拜咗，第一日嫻嬸同水伯就帶我去咗。

【稍頓】

幾好吖，風涼水冷，又可以喺埋一齊。

歐陽曦： 阿爸一早買落，依家唔好話墓地，骨灰龕都炒到好貴。

【稍頓】

有冇返過舊屋？

歐陽晴： 去過舖頭咋，嫺嫦冇屋企鎖匙。

歐陽曦： 用返舊嗰條，你走咗咁耐冇換過鎖。

歐陽晴： 哦。

歐陽曦： 條鎖匙仲喺唔喺度？

歐陽晴： 唔見咗。喺巴拿馬畀人偷行李。

【歐陽曦並無回應，歐陽晴下意識拉一拉衣領】

我唔轉彎抹角喇，你要點先肯分返啲錢畀我？我好需要錢。

歐陽曦： 邊個唔需要？

歐陽晴： 你唔需要。你公司都好大好架勢吖，設計得咁 high class 又有咁多人幫你做嘢，一定搵唔少……老竇打本畀你㗎？

歐陽曦： 哈。

歐陽晴： 我唔係嗰個意思，即係，佢不嬲睇好你，投資落你度都唔出奇吖——

歐陽曦：　然後你就最畀人睇死、最畀人歧視⋯⋯

歐陽晴：　我係咁意問吓之嘛⋯⋯

歐陽曦：　你所有錯、所有嘅失敗都係屋企人造成嘅，包括冇借錢畀你做生意、搞到你要去呃人錢——

歐陽晴：　我講咗，件事係細林搞出嚟，我都係畀人呃，不過無論我講幾多次你哋都唔信㗎啦——

歐陽曦：　你知唔知呀，佢哋話細林唔係走咗而係畀你殺死，我同佢哋講我阿哥唔會有咁嘅膽量。但係啲苦主就難打發，足足三年過時過節舖頭門口都有啲死老鼠吊喺度等我哋、有時係死雞或者大蟒蛇⋯⋯

歐陽晴：　你哋冇幫我還錢吖嘛？啲錢唔係我呃㗎，我同阿媽講咗，千祈唔好幫我還，唔係我做乜走？我就係唔想搞到你哋之嘛。

歐陽曦：　唔搞都搞咗，anyway 唔重要啦。

歐陽晴：　唔好意思⋯⋯嗰陣真係谷底。

歐陽曦：　其實你都喺谷底徘徊咗好耐喎，有冇成世人呀？

【歐陽晴按住性子】

歐陽晴：　唔駛去得咁盡嘅，我話晒都係你大佬。OK 你要

數吖嘛，數囉，來來去去都係嗰三幅被，又講埋啲嚟仔年代我偷你獎學金呀、唔小心賣咗你隻超合金「宇宙飛龍」呀咁，乜都搵出嚟講囉，你知唔知你嘅問題係咩呀？就係你唔畀機會人，我已經變咗喇，我喺香港對住你哋我變唔到但係我已經變咗喇。

歐陽曦： 你變咗？幾時開始㗎？由你離開香港開始吖，定係由你冇再問阿媽攞錢開始？

歐陽晴： ⋯⋯

歐陽曦： 你覺得我會唔知咩？佢要瞞住阿爸，又冇能力自己匯錢，最後都要向我求救。我唔怪阿媽，佢做人老母。但係你點忍心？你對呢個屋企已經零貢獻，點解仲要用血緣關係嚟要脅佢？

歐陽曦： 我同佢道咗歉喇，拜佢嗰陣。

【稍頓】

佢走得舒服嘛？嫻嬸話你最後冇再畀人探佢。

歐陽曦： 你永遠都唔會知。

【歐陽晴望天打卦掙扎了一會】

歐陽晴： 我哋真係要打官司？

歐陽曦： 或者你放棄筆錢囉。

歐陽晴： 律師話手寫遺囑唔一定有法律效用！我哋可以質疑遺囑上嘅筆跡，同埋老寶寫嘅時候係咪神智清醒。

歐陽曦： 咁我建議你返舊屋慢慢操，攞返阿爸生前啲手寫單同書信慢慢對照。又可以訪問一下阿爸臨終嘅主診醫生 Dr. Leung，Dr. Leung 好健談，而且佢一定好記得老寶。

歐陽晴： 講真你話老寶一蚊都冇寫畀我我唔出奇，佢不嬲都冇當我係仔。但係佢寫畀我，佢寫咗畀我！咁就係我應得嘅──我冇當係遺產，我當係賠償。

歐陽曦： 我都話你冇變過啦，法庭見。

【歐陽曦正要離去】

歐陽晴： 點解你要咁對我呀？喂！歐陽曦！我哋唔特別friend，但係未至於咁啫？可能你嬲我就咁走咗去、可能我留低咗啲蘇州屎搞到你，但係除此之外我冇咩得罪你啫，點解要搞到咁？

歐陽曦： 你有冇得罪我呢？太耐喇，我都唔記得。

歐陽晴： 你玩嘢呀？定係純粹貪錢呀？你好等錢使咩？你冇結婚，又冇細路，你一個人使得幾多？做咩要

搶埋我嗰份啫？

歐陽曦： 好明顯你唔係因為關心我先起我底。

歐陽晴： 你夠搵人查我啲嘢咯你估我唔知？為咗戶口多幾個零要做咁多嘢值得咩？

歐陽曦： 值得，因為我唔係想要多啲，我係想你冇。

【頓】

歐陽晴： 即係咩呀？就算我話畀你聽我喺阿根廷寄人籬下、架車爛到冇得整，你姪女因為坐二手凳仔畀啲木蝨咬到成對大髀仔腫晒你都係咁諗？吓？見到我全家乞食你會開心啲？

歐陽曦： 我唔擔心啦你有手有腳，阿嫂睇起上嚟都好精明吓。

歐陽晴： 我知你想暗示啲咩！你覺得我黐親都唔係好人，你從來都係咁睇我啲朋友，但係你錯喇歐陽曦！你係錯㗎！Sofia 好好㗎！佢一啲都唔貪錢、佢從來都冇貪過我哋屋企任何嘢！

歐陽曦： 講真我都好想去信。

【歐陽晴當真生氣了】

歐陽晴： 咁你睇住──你睇住！為咗 Sofia 為咗我對仔女

我一定同你鬥到底——無論我幾怕麻煩、無論我幾唔想留喺度同你糾纏，為咗佢哋我都會同你爭到底，知唔知點解？因為我想佢哋生活得好啲、因為佢哋先係我屋企人，佢哋係世上唯一在乎我嘅人。法庭見！

【歐陽晴正要離去】

歐陽曦： 咁我哋呢？我哋唔在乎你？你邊次話改過阿媽唔係全心全意信你？你邊次出事我哋唔係全家走去幫你？……阿爸有幫過我，如果我開嘅係診所或者會幫我——你記唔記得當年我考唔入醫學院佢嬲咗好耐，佢話同人講咗我哋歐陽家會出個醫生，依家好冇面喎……但係佢對你從來冇呢種期望，你讀書唔成、冇返屋企，到最後只要一息尚存已經係一種成就。

歐陽晴： 你講夠未呀？

歐陽曦： 我其實有啲羨慕你，成世人都可以咁輕鬆。唔駛理父母期望、唔駛理佢哋嘅需要，你自由自在。

【禁不住搖頭】

但係歐陽晴，自由係要付出代價，世上唔應該有不勞而獲嘅嘢，我呢生人冇一樣嘢唔係自己辛辛苦苦咁掙返嚟，包括呢筆遺產。講到攞賠償，我

比你更加有資格。

【歐陽曦離開，留下歐陽晴，置身在這偌大的空間】

——幕下，中場休息——

第六場

【裝修簡約而優雅的家，落地玻璃見香港美麗黃昏】

【燈亮，穿着便服的歐陽曦推着坐輪椅的父親歐陽有貴上，滿桌佳餚，但準備的人已經離去，歐陽曦上前看了一下】

父親： 　邊個煮㗎？工人呀？

歐陽曦： 我諗係 Heidi。工人聽日先到。

父親： 　邊個 Heidi? 帶住個女嗰個？

歐陽曦： 嗯。

【歐陽曦打訊息】

父親： 　做咩呀，因為我過嚟住所以唔留低呀？

歐陽曦： 唔係，佢個女有啲唔舒服，返去睇住佢。

父親： 　你唔駛過去幫手咩？

歐陽曦： 佢話搞得掂。

父親： 路有咁多條，係要揀條難嘅嚟行。

歐陽曦： 冇一條路係難得過接你返嚟住。

【歐陽曦把父親抱着的一個旅行袋拿去放下】

父親： 我話返愛卿㗎。

歐陽曦： 你行到咩？嗰度冇電梯你點上去？

父親： 挑，個醫生一味誇張，過兩日冇嘢啦。

歐陽曦： 阿爸，你盆骨碎咗，左邊大腿肌肉撕裂，醫生話廿幾歲嘅後生仔都要六個月先可以慢慢復原，何況你？

【稍頓】

除咗工人之外，聽日開始會有個物理治療師每日過嚟幫你，我希望你唔好鬧走人，我希望你可以合作啲，信我吖，你都想行得返，因為行唔到就會有好多問題，你咁冇耐性一定會更加㷫。

【歐陽曦把父親推近飯桌】

父親： 你咪送我去老人院囉。

歐陽曦： 唔好同我講呢啲。

【歐陽曦自己也坐下，分配碗筷】

父親： 倒杯酒畀我。

歐陽曦： 我呢度冇酒。

父親： 冇酒我點食呀？

歐陽曦： 駛唔駛 call 護士嚟幫你插胃喉？

父親： 推我入房。我唔食喇。

歐陽曦： 我呢度真係冇酒，我唔飲酒，你好多壞習慣我都冇。

父親： 飲酒唔係壞習慣。

歐陽曦： 飲到幾廿歲人都喺樓梯碌落嚟就係。

父親： 咁係因為你阿媽唔喺度，你阿媽喺度我冇飲咁多。

【稍頓】

歐陽曦： 我呢度真係冇酒。

父親： 你有，左邊櫃最上嗰格喺啲錦旗後面有支威士忌，你啲客送畀你嘅，仲有張心意卡。

【歐陽曦猶豫，但仍前往查看】

係哩，上次同你阿媽過嚟等你嗰陣發現，我要開佢死都唔畀我開……

歐陽曦： 一時唔記得，通常我都送返出去。

父親： 整定係我嘅。攞過嚟啦。

【歐陽曦拿酒杯】

歐陽曦： 唔好空肚飲，唔係我成支倒落廁所。

父親： 得啦仲煩過你阿媽。

【歐陽曦為他添飯、盛菜】

夠喇夠喇⋯⋯

【父親看着眼前盛宴】

兩個人使唔使煮咁多。

【歐陽曦看着滿桌心意，心情跟父親很不一樣】

以前你阿媽預飯菜就最叻㗎喇，一大班夥計開飯得，我哋四個簡簡單單又得，永遠都係，不多不少，喂人哋太子女嚟㗎，自細不愁衣食喎，但係都好識節儉，永冇嘥嘢，食剩嘅第二日又變另一樣嘢出嚟——

歐陽曦： Heidi 見你啱啱出院想話煮餐飯氹你開心啫——

父親： 佢係想氹「你」開心。你唔好咁天真啦，佢呢挺嫁過嘅，仲要帶住個女，搵到你仲唔發晒功咁留

住你？

歐陽曦：　我哋可唔可以唔好討論呢個話題。

父親：　　挑，你嘅事。我先唔得閒理。

【喝上一口】

你今日唔駛返工咩？

歐陽曦：　正常人 weekday 都要返工。

父親：　　咁你話要返工咪得囉，知你特登請假接我出院、
　　　　　知你好忙我好撚麻煩——

歐陽曦：　知就好啦，可唔可以唔講粗口呀？

父親：　　哦，又係壞習慣？我肯定老人院都冇咁多規矩。

歐陽曦：　……

父親：　　不自由毋寧死。

歐陽曦：　夠喇我哋可唔可以好好地食餐飯呀？

【父子倆沉默地吃了一會，歐陽曦想緩和氣氛】

我同嫻嬸講你想執咗間舖嘅事，嫻嬸話佢想頂咗
嚟做。

父親：　　啊。

歐陽曦：　你唔想嘅話我直接推咗佢吖。

【父親想了一想】

父親：　　佢覺得仲有得做嘅咪做囉。愛卿呢兩年都冇乜錢
　　　　　掙，坦白講你阿媽走咗之後唔係佢同班夥計睇住
　　　　　一早蝕清……佢係咪諗住用返愛卿個名？

歐陽曦：　我諗係。

父親：　　啊。

歐陽曦：　做咩呀？

父親：　　諗起你阿公交間舖畀我嗰陣，話愛卿同個女一樣
　　　　　都係佢嘅掌上明珠，叫我要好好地守住，依家咩
　　　　　都冇晒。

【把杯中酒喝光】

　　　　　一世人，勞勞碌碌，都唔知為乜。

【他想再添酒時，歐陽曦把酒瓶稍稍撤後】

歐陽曦：　你咁諗啦，佢哋繼續做，你得閒咪可以返去探吓
　　　　　囉。

父親：　　我駛乜你教我點諗啫，做咗咁多年人唔通我唔識
　　　　　點諗咩？你估你阿公咁容易交間舖畀人？佢啲咁

嘅外省佬最白鴿眼，係我自己爭氣！你阿公交愛卿畀我嗰陣仲係做緊街坊生意，到後尾啲客遍佈港九新界連移咗民嗰啲都返嚟搵我做西裝，叫做風光過，有咩放唔低？

歐陽曦：　咁我覆佢哋話你 OK 啦。

父親：　　不過你叫佢唔好做壞愛卿個朵呀，佢改過個名我唔理，用得愛卿就一定唔可以影衰你老母。

歐陽曦：　我會提佢哋㗎喇。

父親：　　買舖嗰筆係咁意收啲算喇，啲貨唔值啲咩，同埋我應承過你阿媽，舊夥計頂嘅話租金會計平啲……

歐陽曦：　咁二樓同——

父親：　　做咩呀？賣咗佢呀？你咁急做咩呀？我都未死。

歐陽曦：　我只係想問，與其丟空佢，你會唔會想——

父親：　　唔想！你唔好搞我啲嘢呀我話你知，同我保持原狀，我遲吓好返就返去住㗎喇，你唔好諗住租出去，我使你幾多你責住數先，第時我留畀你嘅嘢一定多過我依家欠你嘅。

歐陽曦：　邊個話你欠我啫——

父親： 你冇講出口，但係我知你有咁嘅意思！

歐陽曦： 你鍾意講咩就講咩啦。

父親： 頭先出院簽卡你大大聲講個銀碼出嚟，慌死人哋唔知你老竇使咗你幾錢咁，嗰日又帶銀行條友嚟要佢不斷重複我買啲咩蝕咗啲咩，你就係要提住我欠你幾多！

歐陽曦： 我係要提住你，不過唔係想提你欠我幾多，我係想你知自己蝕咗幾多！你以前訂貨為嗰一百幾十都同人嘈到拆天，咩事依家輸幾百萬可以面不改容？……簽卡重複個銀碼係因為我冇帶老花眼鏡想同個職員 confirm 一下，順便提吓你我年紀都唔細，你一陣醉酒鬧事一陣跌斷腰骨要我頻頻撲撲好唔好意思呀？我一年捐嘅錢都唔止呢個數，我先唔會同你計較。如果由今日起你生生性性唔畀麻煩我，我肯定年底就會幫你掙返蝕咗嘅錢。

【稍頓】

父親： 巴撚閉。

【稍頓】

你叻到曉飛都係食愛卿啲飯大嘅。讀嗰幾年書做過吓 CEO 就巴乜閉咁，連舖頭嘅西裝都唔

　　　　　　着——我話你知吖我唔怕你㗎，我養大你供書教
　　　　　　學，倒返轉頭食你咩用你咩我都受得起。

歐陽曦：　成日咁講嘢你唔覺得乞人憎㗎咩？

父親：　　話時話你諗住幾時畀返個電話我呀？你收起晒我
　　　　　　啲存摺又扣起我部電話，想我與世隔絕呀？

歐陽曦：　我唔係想你與世隔絕，我係想你好好休養。

父親：　　咁都唔使攞走我部電話㗎，我啲朋友搵唔到我點
　　　　　　算？

歐陽曦：　佢哋會搵我，除非唔見得光啦。

父親：　　挑你講到我包二奶咁。

歐陽曦：　咁你講吖你有咩朋友唔敢經我搵你？你咁緊張做
　　　　　　咩吖？

父親：　　……

歐陽曦：　康仔呀？

父親：　　……

歐陽曦：　佢做乜成日搵你？我睇過電話記錄佢呢排成日搵
　　　　　　你嗰。

父親：　　你理得我啫，慘得過我同佢有計傾，至少佢唔會

好似碌頂心杉咁頂住晒。

歐陽曦： 咁即係有咩重要嘢啦，我同你 keep 住個電話等你對腳有進展至畀返你——

父親： 我有重要嘢同佢傾緊，你快啲畀返個電話我！

歐陽曦： 你同佢可以有咩緊要嘢傾呀？佢教你炒窩輪呀？係咪佢教你炒窩輪㗎？

父親： 你都黐筋嘅，我駛佢教？

歐陽曦： 咁你同佢可以有咩重要嘢傾呢？連佢老母都唔信佢，你臨老先唔帶眼識人？

父親： 康仔係衰仔，佢樣樣都唔好，但係佢有一樣嘢比你好。

歐陽曦： 佢有咩比我好？佢識托你大腳？佢陪你飲酒？

父親： 佢有心幫我搵返阿晴。

【頓】

你阿媽臨走叫你搵你大佬返嚟，你話搵唔到，你呃我，你連你老母都呃。

歐陽曦： 邊個講㗎？

父親： 康仔聯絡到阿晴一個朋友，佢話嗰陣有帶過你去

見你大佬，你去阿根廷搵到你大佬，但係你同我
哋講你搵唔到。

【靜默】

歐陽曦：　係，我去咗佢做嘢嘅地方——

父親：　　點解你唔話畀我哋知？你知唔知你阿媽等得幾慘
　　　　　呀？

歐陽曦：　但係我冇親眼見到佢，嗰日佢早咗走，有人幫我
　　　　　打到電話畀佢，我喺電話裏面好清楚咁話畀佢聽
　　　　　阿媽就嚟唔得，阿媽唯一嘅心願就係見返佢。佢
　　　　　應承我會去酒店搵我但係佢冇出現，佢閂咗機亦
　　　　　都再冇返去佢做嘢嘅地方，跟住我就收到阿媽入
　　　　　ICU 嘅消息。

父親：　　然後你隻字不提你搵到佢。

歐陽曦：　因為我唔知邊樣傷啲，話畀媽媽知我搵唔到歐陽
　　　　　晴，定係話畀媽媽知，佢個仔明知佢就嚟死都唔
　　　　　肯返嚟見佢最後一面。

父親：　　你媽媽終日擔驚受怕，唔知你大佬係死係生……

歐陽曦：　……你覺得我冇心呃佢？

父親：　　你係唯一知道你大佬仲生存緊嘅人，你係唯一可

以安慰到你媽媽嘅人⋯⋯

歐陽曦： ⋯⋯我咁嘅媽媽你覺得我會想呃佢？

父親： 點解你可以咁自私？

歐陽曦： ⋯⋯

父親： 你驚你大佬返嚟吓嘛？你驚佢返嚟分薄你啲嘢吓嘛？

【歐陽曦先是一呆】

你做呢行知道幾時會有人收樓係嘛？你知嗰啲咩重建計劃就快嚟到呢區呀？

歐陽曦： 阿康講㗎？為咗呃你啲錢佢仲講咗啲咩？

父親： 我話你知你唔使旨意，我一日未死啲嘢都由我分配。

歐陽曦： 我問你呀，阿康有冇問你攞過錢？佢仲講咗啲乜嘢！

父親： ⋯⋯

歐陽曦： 你唔講吖嘛，我自己問佢。

【歐陽曦從袋中拿出先前收起的父親的手機】

父親：　　界返個電話我！

【父親嘗試控制輪椅衝向歐陽曦】

歐陽曦：　我要問吓佢係咪真係搵到歐陽晴！

【兩父子爭奪父親的手機】

父親：　　我唔准你插手！

歐陽曦：　我老竇界人呃我點可以唔插手？

父親：　　呃我嗰個係你！係你唔想阿晴返嚟！

歐陽曦：　我冇唔想歐陽晴返嚟呀！係佢自己唔想返嚟！

父親：　　我唔信！我要親口問！我唔信一個人會咁絕情！
　　　　　我唔信過咗咁多年佢仲係咁憎我！

歐陽曦：　你接受現實啦！

【歐陽曦摔開了父親，父親整個身子倒進桌上佳
餚，甚是狼狽】

你親口問個結果都係一樣，佢憎你、憎我哋呢個
屋企，易不得一世都唔返嚟，老實講如果有得揀
我都想走！但係我同情阿媽，佢因為你得失咗幾
多人？你個仔你嘅夥計你啲親戚，除咗佢之外冇
人想忍你——暴躁、專橫、淨係識認叻，一飲醉

就亂咁鬧人——以前我怕你，依家我同情你，如果連我都唔理你，我真係唔知你晚年會係點。

父親： 你對我好不過係為咗我幢樓。

【歐陽曦將手機交還給父親】

阿康話阿晴成咗家，好似仲生咗細路，嗰啲先係我哋歐陽家嘅人。

歐陽曦： 你即管激我吖，我唔會再同你嗌交㗎喇，你又老又跛咁坐響我面前，我淨係企起身都贏你。

父親： 係，我又老又跛，但係錢喺我手，我淨係坐喺度都贏你。

【父親進房，留下沉思的歐陽曦，一動不動地坐在大廳】

【大轉景，房間轉換成法庭】

歐陽晴： 【畫外音】你可唔可以回憶一下，最後一次見我爸爸歐陽有貴係幾時嘅事呀？

康仔： 【畫外音】大概係佢死之前四個月。

歐陽晴： 【畫外音】記唔記得喺邊度？

康仔： 【畫外音】佢樓下平台，當時你細佬已經唔畀你老竇同其他人聯絡，我都係趁佢落樓曬太陽先偷偷

地走去搵佢⋯⋯

【歐陽曦從沉思中回復過來，看着眼前這場聆訊】

第七場

【高等法院遺囑認證訴訟，有法官和一眾工作人員。

【原告人歐陽晴就父親之手寫遺囑是否有法律效力提出訴訟，歐陽晴並沒有代表律師，聆訊來到中段】

歐陽晴： 嗰陣佢精唔精神呀？

康仔： 精神，好精神，一見到我仲同我講股票噃，不過佢話已經冇得玩，因為個仔唔畀佢玩。

法官： 證人，我諗喺法庭上你要講清楚係邊個仔。

康仔： 佢細仔，歐陽曦，佢話佢細仔歐陽曦攞晒佢啲錢所以佢冇得玩。

歐陽晴： 咁我老竇有冇——

法官： 原告人都係啦，最好引用返親人全名……

歐陽晴： 唔好意思唔好意思呀法官大人，仲未係好慣——

法官： 法庭明白冇代表律師係唔容易，但係我有責任提醒你，法庭唔熟悉你哋嘅屋企關係，用全名大家

都清楚啪。

歐陽晴：　係嘅係嘅我再問過⋯⋯咁我阿爸歐陽有貴有冇問
　　　　　起我呀，因為休庭之前你話佢畀歐陽曦軟禁之前
　　　　　一直都叫你搵我。

康仔：　　有呀！咪就係你第二次覆我 email 之後囉——

歐陽晴：　大家可以睇返電郵上面嘅日子，係歐陽有貴去世
　　　　　前四個月。

康仔：　　收到你第一封 email 嗰陣我唔敢輕舉妄動，之前
　　　　　試過畀人呃吖嘛，阿根廷嗰邊啲中間人，搵人扮
　　　　　你，想呃我錢搞到我空歡喜一場，後來收到你第
　　　　　二封電郵上面有幅相，我認得係你，就即刻印出
　　　　　嚟攞去畀你老竇睇。

歐陽晴：　佢睇到之後有咩反應？

康仔：　　⋯⋯開心到喊咗出嚟。貴叔攞住幅相，睇咗好耐，
　　　　　仲問你抱住嗰個係仔定女，我話梗係女啦貴叔，
　　　　　着住裙仔㗎嘛，佢就吟吟嗲嗲話咩呢個年代其實
　　　　　男女都一樣⋯⋯然後話你黑咗好多，一定捱得好
　　　　　辛苦。

歐陽晴：　點解佢會覺得我捱呢？可能我嘆世界先曬到咁黑
　　　　　呢？

康仔： 咪就係你老竇好掛住你囉。

歐陽晴： 哦佢掛住我……佢冇嬲我咩？嗰陣我係同佢嗌交先離家出走㗎喎。

康仔： 咁多年，啲氣都消晒啦！我同佢講你喺嗰邊成家立室，幫你外父 run 緊間中餐館，佢仲話做飲食辛苦，你冇尾飛鉈咁會唔會拖累人……

歐陽晴： 佢成世人淨係識睇死我——

康仔： 你聽埋先，佢話你似佢，識同人打交道，分分鐘最後好似佢咁頂咗外父間舖嚟做、發大嚟做，佢一路講一路望住你張全家福，我就同佢講：貴叔你唔使係咁望住幅相喎，我印出嚟就係畀你攞返去慢慢睇㗎喎……

歐陽晴： 跟住呢？

康仔： 重點嚟喇，跟住佢話：唔攞返去喇，費事畀歐陽曦見到。

歐陽晴： 佢有冇話點解咁驚畀歐陽曦見到呢？

康仔： 佢話歐陽曦之前同個女人分咗手，搞到好唔開心，費事攞返去刺激佢，我就唔知有咩咁刺激喇，見到自己個大佬成家立室唔係應該開心㗎咩？除非怕分薄自己嗰份啦——

律師： Objection——反對證人對我當事人作出無憑據嘅推測。

康仔： OK 咁我講返一啲有憑據嘅嘢啦吓，然後貴叔將歐陽晴張全家福塞返畀我，要我盡快搵歐陽晴返嚟，話要將層樓分畀佢。

歐陽晴： 咁你有冇照做呀？

康仔： 有！我猛搵你！你條友鍾意覆吓唔鍾意又唔覆，好彩嗰次打到去你屋企阿嫂接咗，唔係你老竇死咗你都唔知！

歐陽晴： 嗰次係你最後一次見佢？

康仔： 係呀，後尾嗰啲，電話講兩句咋。

歐陽晴： 所以你最後聽歐陽有貴講有關分遺產嘅事都係有我份嘅——即係有歐陽晴份嘅，佢係好清楚咁話要分層樓畀我？

康仔： 佢話到明要搵你返嚟分畀你，呢個係佢嘅遺願！老人家嘅遺願係唔可以違背㗎！

歐陽晴： 唔該。我冇嘢問喇法官大人。

【歐陽晴坐下】

【律師站起，組織自己攻勢】

律師：　陸永康先生，請問你同歐陽有貴先生嘅會面除咗
　　　　你哋兩位之外，有冇其他人在場呢？

康仔：　有，咪個菲傭囉。

律師：　佢在場。係咪近到可以聽到你哋兩個之間嘅對話？

康仔：　係，不過佢唔識中文，而且成日掛住玩手機——
　　　　仲話歐陽曦孝順喎，請埋啲九唔搭八嘅人陪貴
　　　　叔，貴叔晚年真係好寂寞好慘——

律師：　我意思係，你頭先所講關於歐陽老先生嘅遺產分
　　　　配上嘅意願，係冇任何證人同記錄㗎呵？

康仔：　我咪係證人囉，咩意思呀你？你想話我講大話呀？

律師：　你會點定義你同死者歐陽有貴之間嘅關係呢？朋
　　　　友？主僕？鄰居？

康仔：　嘷我阿媽幫佢打工咋我冇幫佢打工呀，我諗係
　　　　……朋友啦。

律師：　朋友之中你哋都算多錢銀轇轕喎，喺歐陽有貴先
　　　　生嘅銀行賬目裏面，我哋搵到幾筆同你有關嘅轉
　　　　賬——記住係有記錄嘅轉賬喎，都未計一啲冇記
　　　　錄嘅現金交收——

康仔：　……啲錢係貴叔叫我用嚟搵歐陽晴嘅。咁喺阿根

廷登尋人啓事都要錢㗎，仲有請跑腿呢？喺網上面發放消息呢？你知唔知阿根廷幾大華人圈子幾大呀，咁貴叔話想盡快搵到佢——

律師：　兩年前你喺股票行兼職，同個經紀合力遊說歐陽老先生喺短短幾個月內用咗幾百萬炒窩輪同買股票，啲佣你有冇份拆？係咪因為歐陽曦後來阻止你聯絡歐陽老先生，俗稱斷咗你米路所以你遷怒於佢，周圍散播謠言話我當事人偽造遺囑並且慈惠佢兄長歐陽晴同佢爭產，等你可以繼續做歐陽家嘅寄生族呀？

康仔：　喂你講咩呀——

律師：　歐陽老先生點解要畀錢你，冇人知，係咪用嚟買其他扰落海嘅基金或者股票，我哋唔知，我哋只係知道，關於佢想搵佢大仔返嚟或者違背佢最後意願將財產分畀呢個終生缺席嘅兒子，可能係你捏造出嚟謊言。

康仔：　梗係唔係啦！喂法官大人——

律師：　法官大人我冇嘢問喇。

康仔：　歐陽晴你唔好聽佢講呀……

　　　　【歐陽晴示意他不用多說，他心裏清楚發生過甚

麼事】

【燈光轉變，另一位證人嫻嬸上】

嫻嬸：　對唔住。

歐陽晴：　做乜無端端道歉呀嫻嬸？

嫻嬸：　我唔知衰仔搞過事頭，對唔住——

【轉向歐陽曦坐的方向】

對唔住呀二少。

歐陽晴：　傻啦唔關你事，康仔嘅事我哋遲啲再傾。今日請你上嚟主要係想你講吓⋯⋯我父母同我嘅關係。

嫻嬸：　哦。

歐陽晴：　歐陽有貴同林愛卿。你可唔可以形容吓我同佢哋嘅關係？

嫻嬸：　點講呢，傳統家庭都係咁，對大嗰個要求高啲，可能你淨係記得事頭打你鬧你嘅嘢啦，但係我睇住你大，我就記得事頭佢哋好嘥你，當日點小心翼翼包住你返愛卿、由細到大照顧周到冇話缺啲乜，記唔記得嗰次你喺公園跌穿頭事頭抱住你跑上醫院？跑到面都青，事後佢鬧咗你阿媽幾耐呀。呢啲你唔記得，太細個。

歐陽晴：　冇錯，成世人我父母對我好嘅嘢，特別係我老竇對我好嘅嘢，好似都係發生喺我冇記憶嘅年代，或者我唔喺度嘅時候……可唔可以講吓我走咗之後佢哋又點呀？

嫻嬸：　開頭都冇咩，可能諗住你走兩日就返。日子耐咗，事頭婆開始急，周圍託人搵你……事頭雖然冇出聲，但係我知佢好唔開心，嗰日同你傾完我諗起一件小事，有次舖頭附近發現具男屍，好似話係死咗好耐已經爛晒，事頭好緊張咁出咗去，後來我聽講佢去過現場打聽過，問個男人幾歲呀、着咩衫咁……我知佢諗起你，我知㗎，我自己都做人阿媽……我個仔都唔生性。

歐陽晴：　呢種情況維持咗幾耐？

嫻嬸：　或者唔係好耐……幾唔開心都要過啦，知你喺邊就話去搵你啫，又唔知你去咗邊……好在舖頭生意都忙，咪做嘢囉。

歐陽晴：　咁你覺得隔咗咁多年佢哋仲記唔記得我？會唔會已經放低我？

嫻嬸：　梗係唔會！你都傻嘅，兒女永遠係父母嘅心頭肉，你自己都做咗人老竇，你知㗎，咁易放得低喫咩？唔好話 15 年，50 年都放唔低。

歐陽晴：　即係話就算我走咗咁多年，你覺得我父母都仲記掛我⋯⋯分遺產嘅時候佢哋唔會唔理我？

律師：　反對！即使原告人證明到佢父母臨終仍然愛佢，都唔等於佢哋會用金錢嚟表達呢份愛——

嫻嬸：　等於！點會唔等於？

律師：　法官大人⋯⋯

法官：　證人，辯方律師其實係想指出——

嫻嬸：　我知佢想指出乜嘢，之前佢就話我個仔唔可信，所以事頭想搵哥哥返嚟分家產係假嘅；依家佢又想話就算事頭真係嗌哥哥，都未必會分家產畀佢吖嘛——咁咪錯囉！錢就係愛，係好市儈但係中國人就係咁、我哋呢輩就係咁，嗌佢就會分畀佢，呢點你唔使同我拗。

【燈光轉變】

律師：　你印象中林愛卿多唔多提起原告人歐陽晴先生？

嫻嬸：　多，過時過節、生日呀咁，一定提起。陰功，佢真係好掛住個仔。

律師：　咁歐陽有貴呢？佢多唔多提起個大仔？

嫻嬸：　佢好嘴硬嘅，唔好話冇提起，佢喺度嗰陣，連事

頭婆都唔敢提起。

律師：　聽講佢叫歐陽晴永遠都唔好返嚟，話邊個開門畀佢邊個就陪佢瞓出街。

嫻嬸：　講係咁講，其實事頭一直等緊個大仔返嚟。

律師：　⋯⋯你都幾得意喎，事頭冇講出口嘅愛你感應到，講出口嘅嬲你反而唔信。

嫻嬸：　父母就係咁㗎啦，叫你以後唔好返屋企真係想你唔返屋企？話你冇出息真係想你一世抬唔起頭呀？

【稍頓】

律師：　咁你可唔可以講吓，當年歐陽晴係點樣被父親逐出家門㗎？

嫻嬸：　當年阿晴讀書唔成，群埋啲爛仔成日闖禍──但係有排突然生性咗喎，着晒愛卿嘅西裝日日落舖頭幫手，事頭仲以為佢終於定性有機會接手盤生意，點知有晚我喺樓下收舖聽到樓上呼呼嘭嘭，上去見到事頭係咁追住阿晴打，原來哥哥利用愛卿嘅人脈幫間唔知咩公司集資，結果係個騙局，我信哥哥都係畀人呃，但係拉咗幾個布商同客仔落疊，累人蝕錢不特止仲搞到全行都知，事頭份

人最要面，嗰次真係殺人咁款，阿晴就係咁屌佢趕咗出去。

律師： 除咗面子，你覺得歐陽有貴係咪一個睇錢睇得好緊嘅人呢？

嫻嬸： 係㗎，但係冇辦法啦，事頭出身貧苦，又入贅外家，使錢係小心啲，佢對兩個仔喺呢方面嘅管教都好嚴㗎。

律師： 但係結果就好唔同。

嫻嬸： 直情相反，細佬比較成熟、知慳識儉，哥哥就逍遙得㗎又大想頭，成日屌事頭鬧敗家仔。你問我，兩個本質都乖。

律師： 但係我可唔可以話，喺錢銀上歐陽有貴一向都係比較信賴佢細仔，即係我當事人歐陽曦先生呢？

嫻嬸： 咁當然啦，二少本事、又掙得多錢，事頭一向都好放心佢……

律師： 明白。

嫻嬸： 所以我真係希望佢可以跟返第一份遺囑，分返一半畀個大佬，因為筆錢對佢嚟講只係錦上添花，但係對個阿哥，就係雪中送炭。

律師： 我哋明白你嘅擔憂，不過法庭亦都要考慮，歐陽老先生可能係想根據受益人嘅能力分配財產，如果咁我哋都要尊重佢嘅意願。

嫻嬸： 即係咩呀？

律師： 我哋有理由相信，歐陽先生最後將財產交託畀細仔歐陽曦，係因為佢嘅理財能力比較高。

嫻嬸： 點會呀？如果阿哥唔掂梗係畀多啲阿哥啦，點會仲寫晒畀細佬？

律師： 呢個係你嘅諗法啫，好多生意人鍾意將財產交畀較有能力嘅子女發揚光大。歐陽老先生身前係一個克儉嘅商人、盡責嘅一家之主，兩個仔之中細仔同佢理念比較相近，相反大仔曾經有磨擦甚至消失多年，歐陽老先生最後選擇將財產交託畀細仔，無論出於獎賞佢嘅才華定對家人嘅照顧，都係相當合理嘅。

嫻嬸： 你都打橫嚟講！邊有咁嘅父母㗎？事頭唔分畀哥哥唔通想佢餓死咩？

歐陽晴： 嫻嬸你冷靜啲……

律師： 法官大人我冇嘢問喇。

嫻嬸： 曦曦你個律師都捵橫折曲嘅！你唔係畀佢咁蝦你

大佬嘛？佢已經唔叻㗎啦，你仲要搶埋佢嗰半份遺產⋯⋯

歐陽晴： 嘩嫻嫦你咁講好傷我自尊呀⋯⋯

嫻嫦： 仲要呃我講晒事頭啲嘢畀佢聽⋯⋯

【燈光轉變，眾人退去。

【這次輪到歐陽曦走上證人席，他坐下前跟歐陽晴打個照面】

歐陽曦： 恭喜你。聽講又做咗爸爸。

歐陽晴： 多得你，我先返唔到去睇住老婆生仔。

歐陽曦： 留低可以搏筆金多寶，值嘅，我相信阿嫂都好支持你咁做。

【歐陽曦坐下】

歐陽晴： 喺問嘢之前我想同法庭形容吓我哋兩兄弟嘅關係。

啲人話「兄弟如手足」，我老竇就最鍾意講呢句，佢細細個就成日提我：一世人兩兄弟，你一定要照顧個細佬。

講真，都要有嘢可以畀我照顧先得㗎。

我細佬自細係學霸，我就逢二先進一；佢細我三

年，小學最尾嗰兩年我哋同級。我醜到想死，佢醜到唔想認我。

記憶之中我每次想照顧佢就出事，譬如幫佢點蠟燭會燒着佢個燈籠、幫佢還書會整唔見佢本書，記得有排好興玩掃螳腿我哋一齊都玩得好開心，我諗住吼佢屙尿嘅時候突襲佢，一掃，佢嗰次縫咗四針。我真係唔係特登，但係佢哋又好似特別介意。總之我一係唔做錯，一做錯就一定係特登。我話你知吖法官大人，成日覺得自己同屋企格格不入係一件好唔過癮嘅事。

我要到中學先開心啲，因為我入唔到歐陽曦間名校，終於群返啲咁上下「低」水準嘅人。關係更加疏離都好正常，因為我兩兄弟嘅圈子完全唔同，我父母當然企喺歐陽曦嗰圈啦，因為佢代表住成功；而佢都係企喺我父母嗰圈，永遠扮演住家族希望。

但係我係咪要用佢哋對成功嘅標準嚟定義自己呢？我覺得唔係，所以我離家出走。係，我係闖咗禍先走，但係真正趕走我嘅，係留喺度嘅壓力，我真係頂唔順。

法官：　原告人，本席唔介意你就案情表達個人感受，但

係本席都建議你將焦點放返喺令尊張手寫遺囑，討論佢嘅真確性同佢所代表嘅法律效力。

歐陽晴： 法官大人我就係想講嗰張遺囑，我老竇寫嘅時候有冇畀人迫、有冇畀人呃，或者佢明唔明白自己寫咗啲乜，我諗我細佬歐陽曦最清楚。我知佢嬲我冇留喺屋企幫手，但係我都希望佢可以企喺我嘅角度睇呢件事。我希望佢念在大家都叫一齊成長，可以用良知答我。

律師： 反對！反對原告人——

歐陽曦： 得喇，由佢啦。

律師： 但係歐陽先生，佢咁講即係——

歐陽曦： 真㗎，唔使你操心，我嗰 part 自己答得喇。

【律師復坐下，歐陽晴整理材料】

歐陽晴： 我哋就講返嗰張手寫遺囑。

歐陽曦： 筆跡鑒證專家已經確認張遺囑係出自歐陽有貴手筆。

歐陽晴： 醫生亦都證實歐陽有貴晚年神志清醒、有判斷力。但係我都想就住張遺囑問多幾個問題。

歐陽曦： 隨便。

歐陽晴： 首先我想問，你係點樣發現呢張遺囑㗎？

歐陽曦： 佢過身之後，有日我喺佢書枱嘅櫃桶發現。

歐陽晴： 佢張書枱，但係喺你嘅屋企。

歐陽曦： 你想暗示啲咩？雖然佢係一個病人，我都好尊重佢私隱。

歐陽晴： 你之前知唔知有呢張遺囑？

歐陽曦： 唔可以話唔知，佢成日都話唔想欠我，話我幫佢出過啲咩錢好返之後會還返畀我，所以佢幫我 keep 住啲單，係囉，佢有話過會寫張欠單畀我。

歐陽晴： 你知道佢寫畀你嘅嘢係遠遠超過你幫佢還嘅錢㗎呵？

歐陽曦： 睇你點睇啦，銀行都收息，可能佢想回報我金錢以外嘅付出呢。

歐陽晴： 即係咩呀？

歐陽曦： 你老婆嗰邊有冇老人家？知唔知照顧病人嘅感覺係點㗎？

歐陽晴： 我哋都係講返嗰張遺囑啦。

歐陽曦： 我咪就係同你講緊嗰張遺囑囉。

佢欠我一個數，佢想還多啲畀我我都冇辦法。話時話呢幾個月準備上庭你有冇順便了解吓你老竇最後嘅日子？你知唔知佢最終都行唔返？死都唔肯用尿片、死都唔肯用口水肩，係最難搞嗰種病人——唔好以為有細路你就知，細路係一日一日進步，但係父母，係一日一日衰退。

【稍頓】

歐陽晴：　對唔住。

歐陽曦：　你冇對我唔住，你對唔住佢哋啫。

法官：　　法庭要提醒兩位當事人，雖然係家事，但係我哋已經嚟到訴訟層面，所以⋯⋯

歐陽晴：　快喋喇法官大人⋯⋯張遺囑係幾時寫喋？

歐陽曦：　上面有日子。

歐陽晴：　我知，但係你有冇印象？

【把一份副本遞給他，歐陽曦有點奇怪，但仍接過】

見唔見到個日子？

歐陽曦：　見，二零一八年六月廿八日。

歐陽晴： 個日子佢寫㗎？

歐陽曦： 當然啦，成份嘢都係佢自己寫。

歐陽晴： 咁就奇怪喇。

【向法官】

法官大人，我細佬自細讀書叻所以唔駛落舖頭幫手，老竇就曾經驚我不學無術想話迫我喺舖頭學師，最終梗係反面收場啦，因為我老竇好頑固，你問啲夥計就知，同佢一齊做嘢好冇癮，即使錯只要係佢做開嘅方式其他人就要跟住照做，其中一樣我印象最深刻嘅，就係寫日子嘅方法。

【歐陽曦再看看文件上的日期】

佢堅持要月、日、年咁寫，即使我話畀佢知全香港都係用緊日、月、年，佢都堅持要月行先，我同佢因為呢樣嘢嗌咗好多次交，所以我記得好清楚。

【歐陽晴看着弟弟】

歐陽曦： So？

歐陽晴： 我怕自己記錯所以特登去舖頭揾返啲舊單出嚟，果然係月行先。呢張遺囑嘅日子係日行先，唔係

老竇作風，就算係佢親手寫，都係有人叫佢搬字過紙咁寫。

【稍頓】

歐陽曦： 我睇唔到有乜咁特別，十五年，好多習慣都會改變。

歐陽晴： 我睇唔會。我哋會記錯嘢、我哋會轉口味，但係幾十年嚟嘅習慣，我哋好少變。

歐陽曦： 咁都唔代表啲咩。

歐陽晴： 然後我睇返一八年六月廿八日之前有冇咩特別事發生，原來佢因為喺屋企跌親再次入院。

歐陽曦： 冇錯。佢唔聽工人講係要用學行架行路，佢根本未得。

歐陽晴： 一個半年就應該康復嘅手術隔咗年半都未好返？

歐陽曦： 或者你要睇吓你阿爸點對嗰啲物理治療師同點做運動。

歐陽晴： 你知唔知咩叫疏忽照顧？

歐陽曦： 吓？！

歐陽晴： 一個月至少有十日唔喺香港，唔係 business trip

就係去日本滑雪，每朝去長跑、每晚有應酬，weekend 淨係匿喺自己房，你知唔知虐待都有好多種？

歐陽曦：　一個 15 年嚟冇露過面嘅仔同我講虐待？

歐陽晴：　佢係咪話過想睇中醫你唔畀？佢想返愛卿住點解你唔安排？你哋成日嗌交嗌啲乜？你特登請個唔識中文嘅工人係咪就係怕佢知你鬧阿爸啲咩？

歐陽曦：　一個 15 年嚟一張紙巾都冇遞過畀佢嘅人 challenge 我疏忽照顧……

歐陽晴：　一齊住唔等於盡責，一齊住都可以好不孝。

歐陽曦：　嘿！

歐陽晴：　我只係想同你講——佢唔會想畀息口你囉，你做得咁差，佢點會想還多啲畀你？我甚至可以話，你令佢受咁多苦佢一定唔會想畀晒啲嘢你，嗰張遺囑一定唔係佢自願寫——咁張遺囑點嚟㗎？你迫佢寫㗎？你用咗威脅佢？佢受咗幾多折磨先肯寫晒畀你呀？

律師：　　歐陽先生——

歐陽晴：　得喇你唔駛反對，呢段完㗎喇，我淨返最後一個問題：你知唔知佢過身之前上過律師樓？

【歐陽曦愕然】

唔知哩？佢想立張新嘅遺囑你知唔知呀？

律師： 歐陽先生佢冇權咁做㗎，所有證據都要喺上 court 之前——

歐陽晴： 呢點我知，我都冇證據，但係我有證人，如果你同意嘅，我哋請佢出嚟，因為佢唔肯私下講，佢只係願意將佢知道嘅嘢作為呈堂證供——

歐陽曦： 係咪馬律師？

歐陽晴： 冇錯，就係馬律師。根據記錄歐陽有貴曾經喺二零一八年九月初上過律師樓，但係最後冇立得成張新遺囑——因為趕唔切簽。

律師： 唔好呀歐陽先生，未簽即係冇法律效用，無謂界證人出庭影響法官嘅判斷，我哋勝數好高㗎。

歐陽曦： 阿爸真係想立張新遺囑？

歐陽晴： 有冇興趣一齊聽佢真正嘅遺願？

律師： 法官大人——

法官： 反對無效，本席認為需要傳召證人。

【長停頓。周遭的人都看着歐陽曦】

歐陽曦： 我冇意見。

【燈光轉變，馬律師上。

【場景變得有點不寫實，馬律師似是在作供，亦像在跟一個世侄娓娓道來】

馬律師： 我要先旨聲明，我呢次出庭完全係出於對法律嘅責任。

歐陽有貴先生雖然唔係我朋友，但係佢係我結識咗大半世嘅 client。佢的確喺二零一八年九月頭上過我 office，嗰日係星期一，佢並無預約，似乎係去醫院複診途中臨時決定上嚟嘅。佢睇起上嚟好急，話司機喺樓下等緊佢。佢提出修改方案，希望我兩個星期後送份新遺囑過去畀佢簽。

可惜過咗一個星期我就收到佢去世嘅消息。

由於改好嘅遺囑佢未過目，亦未簽署，理論上係無法律效用嘅，所以當任何人問我相關事宜，我都唔會複述，以免引起無謂嘅紛爭。但係。但係當死者嘅意願被放上法庭辯論，作為最後 handle 過佢嘅律師，我有責任講出我所知。

歐陽有貴先生最後嘅意願係咁嘅：佢回望一生，覺得自己對兩個兒子都有所虧欠，一個鬧得太

多，一個讚得唔夠。但係感念小兒子歐陽曦仍然以禮相待，服侍到最後，佢想將安樂道嘅物業全歸歐陽曦所有。至於物業以外嘅資產則歸歐陽晴，雖然數目唔大，但希望佢明白自己的確放棄咗呢個家，呢筆錢就當做留個紀念，希望佢唔好再記恨父母，好好照顧自己嘅家庭。

【燈漸暗】

第八場

【聆訴結束以後，歐陽曦獨坐酒吧】

【未幾，Mandy 匆忙上】

Mandy： 　唔好意思呀歐陽先生我遲咗咁多——

歐陽曦： 　飲咩？

【Mandy 對他的善意不大適應】

Mandy： 　……唔使喇唔該。

歐陽曦： 　唔好意思過咗辦公時間都叫你出嚟，馬律師趕住返屋企做生日，我又急住安排啲嘢。

Mandy： 　唔緊要，我都係喺屋企 prepare 緊另一個 case 啫，不過今日我工人病咗我要送個仔去阿媽度先……Sorry 呢啲嘢唔駛講。

歐陽曦： 　嗰日喺你 office 做功課嗰個細路？佢同我講獨角鯨頭上面嗰隻其實唔係角而係牙齒……

【稍頓，Mandy 不明所以】

　　　　　冇嘢喇。我咁急搵你過嚟係想搞埋我阿爸份遺囑
　　　　　嘅手尾——

Mandy： 係喎未恭喜你，贏咗單官司！

歐陽曦： 你覺得真係咁值得恭喜咩？

【稍頓】

Mandy： Sorry。

歐陽曦： 冇嘢。

Mandy： 我 sorry 係因為我私底下一直都覺得嗰張手寫遺
　　　　　囑係假嘅，馬律師又冇提過你爸爸想立新遺囑嘅
　　　　　事，所以我一直對你態度都唔好。

歐陽曦： 哦。

Mandy： 我呢方面係有啲 over react，我先生身前同幾個兄
　　　　　弟夾錢做生意，佢過身之後有人乘機吞佔，我因
　　　　　為咁都打過一場官司，亦係呢場官司令我決定
　　　　　留低幫馬律師，希望用自己嘅專業同經驗幫啲
　　　　　client。

歐陽曦： OK。

Mandy： 但係有時太 involved 而唔夠客觀，馬律師成日都
　　　　　咁話我。

歐陽曦：　我都冇機會問，好似馬律師呢啲成日睇住一家人為錢銀爭崩頭嘅律師，佢驚唔驚呢啲事發生喺自己身上㗎呢？

Mandy：　呢層我都問過，佢話方法就係一早將家產分晒畀啲仔女，自己留返夠使就得——原因係一早分晒冇懸念，同埋將啲錢早啲分畀仔女先真係幫到佢哋。

歐陽曦：　有智慧。

【稍頓】

我叫你嚟係因為我有兩張票要交畀你，一張係呢單官司嘅訴訟費，一張係用嚟買愛卿樓一半業權嘅上期。我想將阿爸留低嘅物業同歐陽晴平分。

Mandy：　咁點解你要同佢打官司？冇端端蝕筆律師費……

【稍頓】

咁你諗住幾時話畀你大佬知呀？我諗佢一定開心死，失而復得喎——不如依家打畀佢——

歐陽曦：　唔好！畀佢反省多一晚。

Mandy：　OK。

歐陽曦：　聽日我會離開香港，你 call 佢去律師樓畀張 cheque

佢，我知佢買咗機票後日走。

Mandy： 其實你好細心。

【突然想起】

咁你唔見佢喇？你話你聽日飛，而佢後日又走
⋯⋯

歐陽曦： 其實我哋最好嘅相處方法都係唔好見咁多。佢喺
庭上面講嘅嘢我唔係冇諗過：可能我對佢太
harsh，可能佢冇我諗得咁仆街，可能我哋只係
冇緣份。

【歐陽曦把文件都交給 Mandy，特別抽出一個檔
案夾】

另外呢份係你個仔嘅推薦信。

Mandy： 推薦信？

歐陽曦： 你多謝馬律師啦，佢嗌我幫你㗎——不過講明先，
未必有用，校長大把皇親國戚要招呼，未必會畀
面我呢個冇乜出現嘅校董⋯⋯

Mandy： 唔緊要㗎唔緊要㗎！有得搏已經好好㗎喇，好在
未過 deadline⋯⋯

歐陽曦： 其實馬律師都幾蠱惑，佢一定係估到我會贏，準

備好個 portfolio 一落庭就要我賣呢個人情畀你，諗諗吓都唔知佢係咪真係今日生日。

Mandy：　【笑】佢真係今日生日㗎，佢趕住返去同啲仔女食飯。

歐陽曦：　嗰啲分咗家產都仲咁孝順佢嘅仔女。

Mandy：　喺呢行做得越耐我就越覺得，錢真係好重要，但係又真係萬惡。

歐陽曦：　錢唔係萬惡，嫉妒先係。

【稍頓】

其實你冇估錯，張手寫遺囑係假嘅。

【Mandy 愣住了】

Mandy：　請你唔好同我講，因為依家牽涉到好嚴重嘅法律後果——

歐陽曦：　放心唔係偽造嗰種假……即係佢未必願意咁寫。

嗰排我發生咗好多事，阿爸偏偏揀呢個時候再跌親，搞到我出唔到門又冇咗個好大嘅 deal，你問我係咪真係咁有所謂？我覺得唔係，但係有種累積咗好耐嘅嘢要爆。我嬲佢難搞，我嬲佢掛住歐陽晴，我為佢冇咗自己嘅生活但係佢竟然仲掛住

歐陽晴，總之嗰日我發咗個好大嘅脾氣，就係咁嘅情況下，我要佢寫嗰張遺囑。

Mandy： 所以個日子係你要嘅方式。

歐陽曦： 我根本冇諗住攞出嚟，不過嗰日喺茶樓見返我阿哥……唔知點解我好嬲……我突然唔想佢哋咁容易就攞到筆錢。

Mandy： 其實你一早諗住同佢哋平分。

歐陽曦： 因為咁樣先係我阿爸嘅意願。所以我唔明，點解後來阿爸會上律師樓改遺囑……佢一定係亂咗，可能佢想寫晒畀歐陽晴。再唔係佢太了解我，佢知只有咁做我先會放低、先會放過歐陽晴。

Mandy： 又或者佢真係感激你嘅照顧呢？

【歐陽曦搖頭】

歐陽曦： 歐陽晴講得啱，我照顧得佢唔好，可能我個心係想做得好嘅，但係依家望返轉頭，我雖然接佢返去住，好多時候我都避開佢，我心裏面總係責怪佢，責怪啲咩其實我都唔係好知，總之都冇乜好面色畀佢睇。

【歐陽曦喝一口酒。靜默】

Mandy： 唔會嘅，總有好嘢嘅⋯⋯總有啲時候係，佢合作啲，你心情好啲嘅。

歐陽曦： 我交畀你嘅嘢盡快辦妥，學校嗰邊有冇消息你都唔駛話我知。

Mandy： ⋯⋯OK。

歐陽曦： 你走得喫喇。

Mandy： 咁你？

歐陽曦： 唔駛理我，我想飲多一陣。

Mandy： 一陣好喇，睇你個樣都唔係好飲得。

【歐陽曦並沒有回應，Mandy 拿着檔案離開】

第九場

【黑暗中傳來開鎖聲、開門聲。

【未幾，室內燈亮，歐陽曦上。他腳步輕浮，明顯喝了酒】

歐陽曦： Home Sweet Home……

【歐陽曦在室內遊走，環視着這熟悉的一切，然後隨手拿了張椅子放在廳中央坐下】

【歐陽曦輕輕哼着歌韻，心情複雜，角落裏歐陽晴拿着布袋慢慢從後移近】

【歐陽晴成功偷襲，幪住弟弟的頭打了他幾下】

邊個！邊個！歐陽晴！係咪你！歐陽晴！

【歐陽晴先是愕然，然後繼續揮拳】

【歐陽曦猛烈反擊，歐陽晴迫不得已後退，給歐陽曦回喘的機會，順勢把幪頭的袋摘了下來】

真係你！輸咗官司都唔夠，你係咪想坐監呀！

歐陽晴：　坐咪坐囉，挑！橫掂已經負債纍纍……我依家係爛命一條，乜都唔驚！

歐陽曦：　你又本拼！你成世人除咗本拼仲識咩——

歐陽晴：　夠喇你唔好再教訓我呀！你冇資格教訓我呀！以前我都仲會當你係我細佬，但係依家——你咁樣玩我！我同你有咩十怨九仇呀！點解要害我呀？

歐陽曦：　我冇害你，所有嘢都係你自己搞出嚟！

歐陽晴：　係你迫我㗎！你迫我同你打官司！見我窮都唔夠，你仲要迫死我——迫死我全家！

歐陽曦：　我係想你同我打官司，但係我冇諗過要迫死你全家。

歐陽晴：　你咁樣同迫死我全家有咩分別呀！你知唔知我爭人幾多錢呀？我老婆周圍問人借錢，佢等緊我返去救命㗎！……依家我只可以返嚟偷啲值錢嘅嘢去賣！成個賊咁！你開心啦？

歐陽曦：　我唔開心，由頭到尾我都冇開心過。

歐陽晴：　咁點解你要咁做呀！

【歐陽晴大力地摔椅子】

去到中間我已經知，你係特登迫我打官司，你想

我搵證據、你想我知道你對呢個屋企付出咗幾多。

歐陽曦： 你真係好唔了解我。

歐陽晴： 你想提醒我欠你幾多嘢！你引我同你上 court，等全世界都知我有幾貪錢有幾自私而你就有幾偉大有幾盡責。

歐陽曦： 我唔駛理外人點睇！我知自己做咗幾多！我知屋企咩狀況！但係你唔知！作為呢個屋企嘅一分子你乜都唔知！你唔知阿媽點揸住我哋張相捱過化療，你唔知佢喺醫院嘅時候阿爸點頻撲；你唔知阿爸清走阿媽啲遺物嘅時候幾傷心，你唔知佢點日日飲酒慢性自殺，最重要嘅係……你唔知佢哋兩個有幾掛住你。

歐陽晴： ……

歐陽曦： 然後我咩都幫唔到，佢哋痛我幫唔到、佢哋傷心我幫唔到。

歐陽晴： 你就係想我知呢啲嘢？你搞咁多嘢就係想我知呢啲？其實你可以 call 我出嚟鬧爆我或者搵人返嚟打鑊我，點解你偏偏要咁樣折磨我？

歐陽曦： 因為你唔會聽！你淨係想用最短嘅時間捲走自己

筆錢！

歐陽晴： 你認喇係嘛？你終於認嗰筆錢係我嘅係嘛？嗰張遺囑係假嘅，連馬律師都係你出錢收買嘅係嘛？

歐陽曦： ……我想問，呢幾個月你留喺度，你知道阿爸阿媽晚年點過、你聽到佢哋咁想見你，你有冇後悔？你有冇內疚？你有冇覺得自己做錯？話畀我聽你有吖，我會畀錢你。

歐陽晴： 我屌你你係咪黐線㗎！你憑乜嘢要我認錯！你憑乜撚嘢代佢哋教訓我！你知唔知我最憎你乜嘢？你乜嘢都要贏！由細到大你乜撚嘢都要騎住我！喺出面最成功嗰個係你、喺屋企最孝順嗰個係你，依家連佢哋死咗你都要企喺道德高地審我——你唔撚駛旨意！

【衝上前抽住歐陽曦】

你聽住，我一啲內疚都冇，一啲都唔後悔！我一行入呢個屋企就有一種窒息嘅感覺，今次返嚟正正係印證咗，我呢 15 年走得好喘！

【一把推開歐陽曦，然後開始破壞這個家】

Home Sweet Home 喎。乜撚嘢 Home Sweet Home？……一入屋就噬你！一入屋就準備打擊

你！乜撚嘢家庭溫暖呀我從來冇感受過！……落舖頭幫手就話我靠屋企、出去打工就係咁追我攞家用……一隻二隻吸血鬼咁，唔係吸我啲錢就係吸我啲正能量——我話你知吖，我屋企好開心，啲細路鍾意點就點，同埋我成日讚佢哋，我將佢哋捧到上宇宙，話畀佢哋聽佢哋係我心目中最重要嘅人……我一定唔會好似你哋咁，你班仆街——點解細佬識你唔識嘅？點解細佬做到你做唔到呀？你係哥哥嚟喎、你要做榜樣喎——我榜你老味！我哋屋企好公平！我會指住佢兩姊弟同我老婆講：唔准比較！唔使互相照顧！你哋係獨立嘅個體！冇需要為對方負責！唔好干預對方嘅人生！

歐陽曦：……我哋屋企喺你眼中就只有咁？

歐陽晴：唔係你以為仲有咩呀？

歐陽曦：……屋企真係冇任何嘢值得你留戀？

歐陽晴：你到依家都唔明！我喺呢度受咗好多苦呀！你哋幾乎毀咗我嘅人生呀！我知你點解唔明，因為你係畀人噏嗰個！你永遠都企喺高位你梗係唔知我呢啲蟻民諗乜啦！

【歐陽晴看到牆上的全家福】

……屌全家福吖嘩！

【歐陽晴用硬物把它砸碎】

呢個地方唯一令我留戀嘅就係佢值錢，賣咗佢我就可以喺出面建立自己嘅屋企……

【歐陽曦累極而坐】

歐陽曦： 你可以憎我，可以憎阿爸，但係阿媽呢？點解你要憎埋佢？

歐陽晴： 因為佢懦弱，佢嬲我但係佢從來冇保護我佢冇撐我！你睇吓最後連家產都冇能力幫我爭取到——本來佢有機會補償，佢有機會令我有「啲啲」感激佢㗎，但係佢咁都畀老竇話晒事！明知我唔掂、明知我最需要錢！

歐陽曦： ……你個仆街！

【歐陽曦揮拳就打下去】

我唔應該畀機會你，我應該由你窮到死！

【歐陽晴倒在地上，歐陽曦撲上去打，二人像孩子一樣扭着打】

枉阿媽臨死都叫住你！佢係咁等你！

歐陽晴： 佢等我關你乜撚嘢事呀！

歐陽曦： 生又叫住你死又叫住你！

歐陽晴： 點解你哋唔可以放過我呀！

歐陽曦： 佢由細到大最嘥係你！乜都顧住你！

歐陽晴： 佢最嘥嗰個係你！你一出現我就變咗個多餘嘅人！

歐陽曦： 多餘嘅係我！我走咗佢唔會理我，你走咗佢就周圍咁搵你！

【歐陽曦累極放手】

你走咗佢周圍咁搵你……

【二人終於分開，各自喘息】

歐陽晴： ……佢搵我係因為我廢，咁講你滿意未？……歐陽曦你放過我啦，Sofia 嗰陣爭啲難產呀，個女對腳行先、佢流咗好多血，我唔係有心放你飛機，我知我去見你一定畀你迫我返去……

歐陽曦： 你可以同我講㗎——

歐陽晴： 我同你講唔到㗎，你係唔會明㗎，你哋係唔會明㗎，就好似我人生入面好多重要嘅嘢我都唔會想同你哋講，我同你哋之間係冇嘢講㗎……

【歐陽晴慢慢站起】

所以我當日走咗去係啱㗎……繼續留低我只會變
成一隻怪獸……

【他走去開不同的抽屜繼續搜刮值錢的東西】

……我只會繼續闖禍、越嚟越唔開心，然後老竇
老母又好傷心……我走咗大家都好，我走係為你
哋好！

【歐陽晴收拾拿走的物品，一邊見到像樣的東西
又取走】

依家咪好囉，老死不相往來，阿爸話畀晒你咪畀
晒你囉，唔諗咪唔會忟囉……我唔應該返嚟，呢
度唔係我嘅屋企。

【歐陽晴終於要離開了，他提起那袋要偷走的東
西】

歐陽曦：　放低佢。

【稍頓】

我叫你放低佢！

歐陽晴：　……你贏晒喇喎……所有嘢都畀你搶晒㗎喇喎……

歐陽曦：　屋企冇欠你，係你面對唔到自己幾咁失敗。知唔知點解你要否定呢度嘅一切？因為你接受唔到係你搞到自己今日咁㗎！

歐陽晴：　……就算大人唔食細路仔都要食……

歐陽曦：　既然你要否定呢度嘅一切，就唔好攞走呢度任何嘢。唔該乾乾淨淨咁行出去，為你啲仔女做返個好榜樣。

【頓】

歐陽晴：　好。

【歐陽晴把布袋伸向歐陽曦時順手從裏面抽出一把裁縫剪刀】

【歐陽晴一刀插向歐陽曦】

原本諗住攞返去試吓，我諗住個仆街咩都冇留畀我，但係留咗少少技術畀我……你連呢個機會都唔畀我。

歐陽曦：　把鉸剪……

歐陽晴：　我就係要攞走。我話畀你知我會點吖，一陣我會將你縛起放埋一邊，然後我會將阿爸把鉸剪抹乾淨放入唸，後日我就飛喇，到你條屍發臭嘅時候

我已經返到阿根廷。

【歐陽曦扶着椅背慢慢坐下】

我一路想避開呢種結局，但係你係都要拉我入嚟……依家好啦，你可以永遠留喺度，而我永遠都唔駛再返嚟。

Home sweet home ？

【燈光轉變】

尾聲

【燈漸亮，律師樓層的電梯門前，一個變性人站着，她打扮優雅而嫵媚，但個子一看便知原本是個男生。男生一出電梯並沒有立刻進律師樓，而是站到一旁，用整理妝容令內心平靜。】

【歐陽晴一邊講電話一邊從電梯出來】

歐陽晴：　……係呀嗰邊有急事改咗今晚機……今朝律師打嚟話有 cheque 喎，我一陣走先打畀你！係咁！

【歐陽晴掛上電話，本來想走進律師樓，卻決定先抽根煙鎮靜一下。陳小姐見他抽煙有點愕然，歐陽晴看向他】

陳小姐：　……唔可以喺度食煙㗎。

【歐陽晴看着陳小姐，感到面熟】

歐陽晴：　你係……陳太個仔？

陳小姐：　你係……

歐陽晴：　你唔識我。不過我喺度撞過你阿媽幾次。

陳小姐：　係呀，好多人都話我哋對眼似，我有搽 mascara
　　　　　仲似……【苦笑】你一定聽過佢講我喇，我知道
　　　　　佢周圍呻，我有嘢，我已經唔尷尬，我知佢周圍
　　　　　同人講我唔理佢哋。

【稍頓】

歐陽晴：　啊，佢過咗身。

陳小姐：　係，上個月。

歐陽晴：　恭喜晒。

陳小姐：　Excuse me ？

歐陽晴：　Sorry，我意思係……我以為你同阿媽關係唔好。

陳小姐：　……其實我到依家都未平伏到……佢哋可能唔愛
　　　　　我，但係我仲好愛佢哋。

【歐陽晴努力忍住笑】

歐陽晴：　OK。你入去話搵華叔得喇。

陳小姐：　馬律師吖嘛，我知。

歐陽晴：　佢最後有冇留畀你呀？

【陳小姐先是一怔】

陳小姐： 我未知。

歐陽晴： 未知？

陳小姐： ⋯⋯馬律師叫我上嚟聽遺囑，佢話我媽媽寫咗封信畀我。唔知呀，我有啲不祥預感所以喺度⋯⋯佢可能係特登叫我上嚟唔分身家畀我——佢曾經講過一毫子都唔會留畀我。

【歐陽晴盯着陳小姐】

歐陽晴： 聽我講，要當冇。

陳小姐： 但係我更加驚佢侮辱我。你知啦，上一代，佢哋接受唔到，講啲說話好難聽。好似我阿爸出殯嗰次，我準備去㗎，但係我媽媽出殯前寄咗個包裹去我屋企，打開一睇，係一套男人西裝，唔知呢，一見到套西裝就諗起佢哋鬧過我嘅說話，好傷心，點解佢哋唔可以接受我就係咁呢？所以我冇去到，因為我唔想嬲佢哋，我淨係想記得啲美好嘅嘢。

歐陽晴： 你有冇兄弟姐妹？

陳小姐： 冇。

歐陽晴： 咁你已經唔係最慘，最慘唔係冇，而係去咗隔籬嗰個。

陳小姐： 其實我真係唔介意佢冇留嘢畀我㗎，我自己都養到自己。

歐陽晴： 咁掂啦，一早靠自己。

陳小姐： 你以為我老竇會畀我用佢啲錢買高踭鞋？我好早搬咗出去，身上每一樣嘢都係自己掙錢買㗎。

歐陽晴： 咁咪得囉，你又唔係靠佢，唔撚駛理佢點睇。

【歐陽晴猛力抽煙】

倒返轉頭如果佢留一億畀你淨係買男裝，我諗你都頂唔順啦？

陳小姐： ⋯⋯都係嘅。

歐陽晴： 我都係啱啱先參透呢個道理，一陣佢畀張 cheque 我銀碼細嘅話我會當面撕爛佢。

陳小姐： 好型呀。

歐陽晴： 記住，世界好大。

陳小姐： 你頭先話用一億嚟買男人西裝呢個 image 好 work，對我嚟講係個 nightmare，應該會止到痛。

歐陽晴： 但係若果你最後決定屈服記得搵我，我屋企人開洋服店，呢筆錢可以畀佢哋掙。

【歐陽晴把香煙塞進陳小姐唇邊】

陳小姐： Oh no⋯⋯

【二人笑】

Thank you。

【歐陽晴步向律師樓。留下尚在準備心情拆「禮物」的陳小姐】

【燈滅】

——全劇完——

甜點

【另一結局，怕甜慎入】

【歐陽晴慢慢站起】

所以我當日走咗去係啱㗎……繼續留低我只會變
成一隻怪獸……

【他走去開不同的抽屜繼續搜刮值錢的東西】

……我只會繼續闖禍、越嚟越唔開心，然後老竇
老母又好傷心……我走咗大家都好，我走係為你
哋好！

【歐陽晴收拾拿走的物品，一邊見到像樣的東西
又取走】

依家咪好囉，老死不相往來，阿爸話畀晒你咪畀
晒你囉……我唔會再同你爭……

【歐陽晴終於要離開了，他提起那袋要偷走的東西】

歐陽曦：　放低佢。

【稍頓】

我叫你放低佢！

歐陽晴：　……你贏晒喇喎……所有嘢都畀你搶晒㗎喇
喎……

歐陽曦：屋企有欠你，係你面對唔到自己幾咁失敗。知唔

知點解你要否定呢度嘅一切？因為你接受唔到係你搞到自己今日咁㗎！

歐陽晴： ……就算大人唔食細路仔都要食……

歐陽曦： 既然你要否定呢度嘅一切，唔該你就唔好攞走呢度任何嘢，似返個人，乾乾淨淨咁行返出去。

【頓】

歐陽晴： 好。

【歐陽晴把布袋伸向歐陽曦時順手從裏面抽出一把裁縫剪刀】

欺人太甚！

【歐陽晴刺向歐陽曦，但歐陽曦及時握着他的手】

歐陽曦： 歐陽晴你癲咗呀！

歐陽晴： 係都係你哋迫癲！

歐陽曦： 歐陽晴你放手！

歐陽晴： 我要畀你知道走投無路嘅感覺係點！

歐陽曦： 歐陽晴你會後悔㗎！

歐陽晴： 我——唔——會——

134

【歐陽晴的剪刀近得要刺進歐陽曦了】

【電話鈴聲響起，是那種孩子錄的電話響鈴】

【歐陽晴一時分心，歐陽曦逃脫了】

歐陽曦：　你知唔知自己做緊咩……你……你真係黐咗線！你即刻躝！你同我即刻躝！

歐陽晴：　我諗住……我諗住攞返去試吓……

【歐陽晴悲從中來】

我唔應該返嚟……其實我咩都冇……我唔應該返嚟……呢度唔係我嘅屋企。

【歐陽晴放下剪刀】

我唔會再返嚟……我以後都唔會返嚟。

【歐陽晴甚麼都沒帶走，臨離開前把桌上一物丟在歐陽曦眼前】

歐陽晴：　你隻「宇宙飛龍」，嗰日諗住送返畀你。以後都唔好見喇。

【歐陽晴下】

【燈光轉變】

尾聲

【燈漸亮，律師樓層的電梯門前，一個變性人站着，她打扮優雅而嫵媚，但個子一看便知原本是個男生。歐陽晴一邊講電話一邊從電梯出來，本來想走進律師樓，卻決定先把電話講完】

歐陽晴： ……我點都要買啲禮物畀個女……唔爭在啦使得幾錢啫……

【下意識看一看身邊那個人，感到面熟】

點知佢哋搞乜，律師話有 cheque 我咪嚟攞囉，有零頭好過冇啦……一陣返酒店打畀你！

【歐陽晴掛線，忍不住走上前】

歐陽晴： Hello ？……請問你係咪陳太個仔？

陳小姐： 你係……

歐陽晴： 我哋未見過面喍，反而喺度撞過伯母幾次……覺得你有啲面善。

陳小姐： 係呀，好多人都話我哋對眼似，我冇搽 mascara 仲似……【苦笑】你一定聽過佢講我喇，我知道

佢周圍呻，我冇嘢，我已經唔尷尬，我知佢周圍
同人講我唔理佢哋。

【稍頓】

歐陽晴：　啊，佢過咗身。

陳小姐：　係，上個月走咗。

歐陽晴：　節哀順變。

陳小姐：　Thank you……其實我到依家都未平伏到……佢
哋可能唔愛我，但係我仲好愛佢哋。

【歐陽晴點點頭】

歐陽晴：　咁都好吖，起碼仲講得出個「愛」字，我就真係
講唔出喇……你入去話搵華叔得喇。

陳小姐：　馬律師吖嘛，我知。

【陳小姐撥一撥秀髮，歐陽晴剛想進去】

其實我有少少擔心……

歐陽晴：　擔心？

陳小姐：　……馬律師叫我上嚟聽遺囑，佢話我媽媽寫咗封
信畀我。唔知呀，我有啲不祥預感。佢可能係特
登叫我上嚟唔分身家畀我——佢曾經講過一毫子

都唔會留畀我。

歐陽晴： 　咁你當冇咪得囉。

陳小姐： 　但係我更加驚佢哋侮辱我。你知啦，上一代，佢哋接受唔到，講啲說話好難聽。好似我阿爸出殯嗰次，我準備去㗎，但係我媽媽出殯前寄咗個包裹去我屋企，打開一睇，係一套男人西裝，唔知呢，一見到套西裝就諗起佢哋鬧過我嘅說話，好傷心，點解佢哋唔可以接受我就係咁呢？所以我冇去到，因為我唔想嬲佢哋，我淨係想記得啲美好嘅嘢。

歐陽晴： 　你有冇兄弟姐妹？

陳小姐： 　冇。

歐陽晴： 　咁你已經唔係最慘，最慘唔係冇，而係全部去晒隔籬嗰個度。仲有，你有冇嘢做吖？

陳小姐： 　我做美容。

歐陽晴： 　美容好吖，美容好掙。

陳小姐： 　你以為我老竇會畀我用佢啲錢買高踭鞋？我好早搬咗出去，身上每一樣嘢都係自己掙錢買㗎。

歐陽晴： 　咁咪得囉，你又唔係靠佢，有手有腳唔會死㗎。

倒返轉頭如果佢留一億畀你淨係買男裝，我諗你都頂唔順啦？

陳小姐：　……都係嘅。

歐陽晴：　我都係啱啱先放得低，一陣攞埋張 cheque 我就同呢個所謂嘅屋企永別喇。

陳小姐：　永別……可以㗎咩？

【稍頓】

歐陽晴：　其實唔得㗎，尤其我有兩個細路，睇住佢哋大都會諗起自己細個……唔知呢，唔知第日呢種感覺會唔會變呢？

陳小姐：　你就好啦，我都好想知……多謝你，頭先話用一億嚟買男人西裝呢個 image 好 work，我依家冇咁驚喇。

歐陽晴：　但係若果你最後決定屈服記得搵我，我屋企人開洋服店，呢筆錢可以畀佢哋掙。

陳小姐：　Oh no……

【二人笑】

Thank you。

【歐陽晴步向律師樓。留下尚在準備心情拆「禮物」的陳小姐】

【燈滅】

——全劇完——